동물 농장

위의 큐알코드를 스캔하면 한글판 PDF와
영문판 PDF를 다운받을 수 있습니다.

동물 농장
Animal Farm

2025년 7월 01일 초판 1쇄 인쇄
2025년 7월 10일 초판 1쇄 발행

지은이 조지 오웰
옮긴이 더페이지
발행인 손건
편집기획 김미정
마케팅 최관호
디자인 김정희
제작 최승용
인쇄 선경프린테크
이미지 www.shutterstock.com

발행처 열린문학
주소 서울시 영등포구 영신로 34길 19
등록번호 제 312 - 2006 - 00060호
전화 02) 2636 - 0895
팩스 02) 2636 - 0896
이메일 elancom@naver.com

ISBN 979-11-7142-075-9 03840

*열린문학은 ***Lan**Com*의 문학 · 인문 브랜드입니다.

동물 농장
Animal Farm

조지 오웰 지음 + 머페이지 옮김

열린
문학

~~~~~ 차례 ~~~~~
~~~~~

1

매너 농장의 존스 씨는 그날 밤에도 물론 닭장 문을 단속했지만, 너무 취해서 닭장의 쪽문 닫는 것을 깜박 잊고 말았다. 존스 씨가 갈지자걸음으로 안뜰을 건너는 동안 랜턴에서 흘러나오는 동그란 불빛이 춤추듯 좌우로 흔들렸다. 부엌문 앞에서 존스 씨는 장화를 걷어차듯 벗어던지고, 부엌방에 있는 저장용 술통에서 맥주를 한 잔 가득 따라 마지막으로 쭉 마시고는 2층 침실로 올라갔다. 존스 부인은 이미 코를 골며 잠들어 있었다.

존스 씨의 침실 불빛이 꺼지자마자 농장 건물 안팎이 웅성거리는 소리, 날개 퍼덕이는 소리로 소란스러워졌다. 품평회에서 무슨 상인지를 탄 적이 있는 중형의 흰 수퇘지 메이저 영감이 간밤에 꾼 이상한 꿈 얘기를 들려주기로 했다는 말이 낮부터 돌았기 때문이다. 존스 씨가 잠들면 즉시 헛간으로 모이자는 약속이 있었다.

농장 동물들에게 최고의 존경을 받는 메이저 영감—품평회에서는 윌링턴 뷰티라는 이름으로 불렸지만—의 말씀을 듣기 위해서라면 한 시간쯤 잠을 덜 자는 것은 얼마든지 받아들일 수 있는 일이었다.

커다란 헛간 한쪽 끝에 높다랗게 만든 연단 비슷한 것 위에서, 메이저 영감은 대들보에 매달린 전등 불빛을 받으며 아까부터 짚으로 만든 침대 위에 편안하게 앉아 동물들을 기다리고 있었다. 그는 열두 살이었고, 요즘 들어 상당히 몸집이 불기는 했지만 여전히 풍채가 당당했으며, 지금까지 엄니를 잘린 적이 한 번도 없다는 사실에도 불구하고 굉장히 지혜롭고 인자해 보였다.

마침내 동물들이 하나둘 헛간 안으로 모여들기 시작했다. 제각기 마음에 드는 곳으로 가서 각자 편한 자세로 자리를 잡고 앉았다.

맨 먼저 개 세 마리(블루벨, 제시, 핀처)가 들어왔고, 다음엔 돼지들이 들어왔다. 돼지들은 연단 바로 앞에 밀짚이 깔린 가장 좋은 자리를 차지했다.

암탉들은 창틀 위에 쪼르르 줄지어 자리를 잡았고, 비둘기들은 푸드득거리며 서까래 위에 올라가 앉았다.

양과 암소들은 돼지 뒤쪽에 자리를 잡았는데 앉자마자 곧바로 엎드려 새김질하기 시작했다.

마차를 끄는 말, 복서와 클로버는 행여나 짚 속에 작은 동물들이 들어 있는 걸 모르고 밟을세라 털이 더부룩한 커다란 발굽을 조심스럽게 떼어놓으며 느릿느릿 들어왔다.

이미 중년에 가까운 클로버는 여러 번의 출산으로 살집이 붙어 뚱뚱해진 어미말로, 네 번째 망아지를 낳은 뒤 아직 몸이 완전히 회복되지 않은 상태였다.

복서는 키가 거의 열여덟 뼘이나 되는 거대한 체격에 보통 말 두 마리를 합친 것처럼 힘센 말이었다. 콧잔등에 죽 그어진 하얀 줄무늬 때문에 조금 멍청해 보였는데, 실제로도 지능이 뛰어나다고는 결코 말할 수 없었다. 그러나 성격이 워낙 성실하고 노동력이 엄청났기 때문에 동물들 사이에서는 널리 존경을 받고 있었다.

말들의 뒤를 이어 흰 염소 뮤리엘과 당나귀 벤자민이 들어왔다. 벤자민은 이 농장에서 가장 나이가 많았고 성질도 가장 고약했다. 원래 말이 없는 편이었지만 어쩌다 입을 연다 해도 대개는 냉소적인 말들이었다.

예를 들면 “하느님은 파리를 쫓으라고 꼬리를 주셨지만, 아예 파리 따위를 만들지 않았으면 꼬리 따위도 필요 없었을 거 아냐?” 하는 식이었다.

벤자민은 지금까지 웃은 적이 없었다. 대체 왜 웃지 않느냐고 물으면 그는 어김없이 이렇게 대답했다.

“뭐 웃을 일이 있어야 웃지.”

하지만 그런 벤자민도, 그 자신이 그렇다고 분명히 밝힌 것은 아니지만, 복서에게만은 헌신적이었다. 일요일이면 그들은 과수원 너머에 있는 작은 목장에서 나란히 서서 말없이 풀을 뜯어 먹으며 지내곤 했다.

말들이 막 자리를 잡았을 때, 어미 잃은 새끼 오리들이 줄줄이 헛간으로 들어와서 가냘프게 꽥꽥거리며 밟히지 않을 만한 곳을 찾아 이리저리 아장거렸다. 클로버가 커다란 앞발로 그들 둘레에 칸막이를 만들어주자, 새끼 오리들은 그 안으로 들어오더니 옹기종기 붙어 앉아 이내 잠들어버렸다.

다음에는 존스 씨의 이륜마차를 끄는, 멍청하고 예쁜 하얀 암말 몰리가 설탕 덩어리를 씹으면서 멋진 자태를 뽐내듯 걸어 들어왔다. 몰리는 연단 앞쪽에 자리를 잡고는 갑자기 갈기를 흔들어댔다. 하얀 갈기에 땋아 늘인 붉은 리본을 자랑하고 싶었던 것이다.

맨 마지막으로 들어온 고양이는 여느 때처럼 가장 따뜻한 자리를 찾으려고 주위를 둘러보더니 마침내 복서와 클로버 사이를 비집고 들어갔다. 그리고 메이저가 연설하는 동안 그의 말은 한마디도 듣지 않고 기분 좋게 가르랑거리기만 했다.

이제 까마귀 모세만 빼고는 농장 동물들이 모두 자리에 모였다. 모세는 뒷문 새장 속 홰 위에 앉아 졸고 있었다. 각자 편안한 자세로 자리를 잡고 도대체 무슨 꿈인지 궁금해하며 기다리고 있는 것을 보고 메이저 영감은 목청을 가다듬고 연설을 시작했다.

"동지 여러분, 내가 어젯밤에 이상한 꿈을 꾸었다는 얘기는 이미 들었을 겁니다. 하지만 꿈 얘기는 좀 나중에 하고 다른 얘기부터 먼저 할까 합니다.

동지 여러분, 내가 이렇게 여러분과 함께 지낼 시간도 이제 얼마 남지 않았습니다. 그래서 죽기 전에 그동안 내가 터득한 지혜를 여러분에게 전하는 것이 내 의무라고 생각합니다.

나는 오랜 세월을 살았고, 홀로 우리 속에 누워 생각할 시간도 많았습니다. 그래서 나는 현재 살아있는 어떤 동물보다도 삶의 본질을 잘 이해하고 있다고 감히 말합니다. 바로 이 문제에 대해 오늘 말하고자 합니다.

동지 여러분, 우리의 삶이 본질적으로 어떤 것인지 지금 이 자리에서 똑바로 한번 봅시다.

우리의 삶은 비참하고 고통스럽고 게다가 짧습니다. 우리는 태어나서 죽을 때까지 겨우 목숨을 부지할 만큼만 먹이를 얻어먹고 살면서, 힘이 다하는 마지막 순간까지 혹사당하다가 쓸모가 없어지는 바로 그 순간에 소름 끼칠 정도로 잔인하게 학살당합니다.

태어난 지 1년만 지나면, 영국의 어떤 동물도 행복이 무엇인지, 여가라는 것이 도대체 어떤 것인지 모르게 됩니다. 영국의 어떤 동물도 자유롭지 못합니다.

동물의 삶은 비참한 노예 생활입니다. 이것은 누가 뭐래도 명백한 사실입니다. 이것이 단순히 자연법칙의 일면일까요? 우리가 살고 있는 이 땅이, 이 땅에 사는 우리에게 제대로 된 삶을 보장해 줄 수 없을 정도로 척박하기 때문일까요?

아닙니다. 동지 여러분, 절대로 아닙니다.

현재 살고 있는 동물들뿐만 아니라 그보다 훨씬 더 많은 동물들에게도 식량을 풍족하게 공급할 수 있을 만큼 영국의 땅은 기름지고 기후도 아주 좋습니다.

이 농장만 해도 열두 마리의 말과 스무 마리의 소, 수백 마리의 양을 충분히 먹여 살릴 수 있습니다. 우리가 상상도 할 수 없을 만큼 쾌적하고 품위 있게 말이죠.

그런데 왜 우리에게 이처럼 비참한 생활이 계속되는 걸까요? 우리의 노동으로 생산한 거의 모든 것을 인간들이 훔쳐 가기 때문입니다.

동지 여러분, 바로 여기에 우리의 모든 문제에 대한 해답이 있습니다. 그것은 단 한 단어로 요약됩니다.

인간! 인간이야말로 우리들의 유일하고도 진정한 적입니다. 인간을 이 농장에서 추방합시다. 그러면 굶주림과 과로의 뿌리는 영원히 사라질 것입니다.

인간은 생산하지 않고 소비하는 유일한 동물입니다. 인간은 우유를 생산하지도 못하고 알도 낳지 못합니다. 인간은 너무나 약해서 쟁기도 끌지 못합니다. 산토끼를 잡을 정도로 빨리 달리지도 못합니다.

그런데도 그들은 모든 동물의 주인 행세를 합니다. 인간은 동물들을 혹사하면서도 동물에게는 굶어 죽지 않을 만큼만, 정말 최소한의 식량만 주고 나머지는 모두 자기들이 차지합니다.

우리의 노동으로 땅을 경작하고, 우리의 분뇨로 땅을 기름지게 합니다. 하지만 우리 가운데 벌거숭이 몸뚱이 말고 무엇 하나라도 더 가진 자는 아무도 없습니다.

여기 있는 암소 여러분, 지난 1년 동안 대체 몇천 갤런의 우유를 인간에게 바쳤습니까? 여러분의 송아지를 튼튼하게 키워야 할 그 우유는 다 어디로 갔습니까? 마지막 한 방울까지 우리들 적의 목구멍으로 사라졌습니다.

그리고 암탉 여러분, 지난 1년 동안 얼마나 많은 알을 낳았습니까? 그 가운데 병아리로 부화한 것은 얼마나 됩니까? 나머지는 모두 존스와 그 일당의 돈벌이를 위해 시장으로 팔려 갔습니다.

그리고 당신, 클로버, 당신이 낳은 망아지 네 마리는 다 어디 있습니까? 늘그막에 당신의 즐거움이 되고 힘이 되어야 할 그 아이들은 한 살이 되자마자 모조리 팔려나갔습니다. 다시는 자식들의 얼굴을 볼 수 없겠지요.

네 번의 출산, 그리고 들판에서 일한 보수로 지금까지 당신은 겨우 목숨을 부지할 만큼의 먹이와 마구간 말고 도대체 무엇을 받았나요?

게다가 이런 비참한 생활조차도 우리가 타고난 명대로 사는 것이 허용되지 않습니다.

나 자신을 위해 불평하는 것이 아닙니다. 왜냐하면 나는 운이 좋은 동물에 속하기 때문입니다. 나는 열두 살이고, 4백 마리가 넘는 자식을 낳았습니다. 사실 이것은 운이 좋다기보다는 돼지들에게 자연스러운 삶이어야 하는데도 말입니다.

그러나 어떤 동물도 끝내 인간의 잔인한 칼날을 피할 수 없습니다. 내 앞에 앉아 있는 젊은 식용 돼지 여러분, 여러분은 1년 이내에 도축용 도마 위에서 단말마의 비명을 지르게 될 것입니다.

그렇게 무시무시한 죽음이 우리 모두에게 닥쳐오고야 말 것입니다. 암소, 돼지, 암탉, 양 모두에게.

말이나 개라고 해서 더 나은 운명이 기다리는 것은 아닙니다. 복서, 당신도 그 거대한 근육이 힘을 잃는 바로 그 순간 존스는 당신을 도살장에 팔아버릴 겁니다.

그러면 도살장의 백정은 당신의 목을 자른 다음, 푹 삶아서 여우사냥개의 밥으로 만들겠지요. 개에 대해 말하자면, 개가 늙어서 이빨이 빠지면 존스는 그 모가지에 벽돌을 매달아 가까운 못에 빠뜨려 죽입니다.

동지 여러분, 이제 너무나 명백하지 않습니까? 우리 동물들의 삶을 따라다니는 모든 불행이 인간들의 횡포 때문이라는 것이!

인간들만 제거하면 우리가 일해서 수확한 모든 것은 우리의 것이 됩니다. 하룻밤 사이에 우리는 모두 부유하고 자유로워질 수 있습니다.

그렇다면 우리는 무엇을 해야 할까요?

밤낮으로, 몸과 마음을 다하여, 오로지 인간을 멸종시키기 위하여 노력합시다!

반란!

동지 여러분, 이것이 오늘 내가 여러분에게 전하는 메시지입니다. 반란이 언제 일어날지는 나도 모릅니다. 그것은 1주일 이내에 일어날 수도 있고, 아니면 백년 후에 일어날 수도 있습니다.

하지만 정의는 반드시 실현된다는 것을 나는 내 발밑에 있는 이 짚을 보는 것처럼 분명히 알고 있습니다.

동지 여러분, 여러분의 삶이 남아 있는 짧은 기간 동안 그 점을 분명히 기억하십시오! 그리고 무엇보다도 여러분의 후손에게 이 메시지를 전해 주기 바랍니다. 우리의 후세가 승리의 그날까지 투쟁할 수 있도록!

동지 여러분, 결심이 흔들려서는 안 됩니다. 여러분을 잘못된 길로 이끄는 어떤 주장도 믿어서는 안 됩니다. 인간과 동물에게는 공통된 관심사가 있다느니, 인간의 번영이 바로 동물의 번영이라느니 하는 따위의 달콤한 말에 귀를 기울여서는 절대로 안 됩니다.

그것은 모두 거짓말입니다. 인간은 자기 말고는 그 어떤 동물의 이익을 위해서도 일하지 않습니다. 그러므로 투쟁하기 위해서 우리 동물은 완벽한 단결과 완벽한 동지애를 가져야만 합니다.

모든 인간은 적입니다!

모든 동물은 동지입니다!"

바로 그때 엄청난 소동이 벌어졌다. 메이저 영감이 연설하고 있는 동안에 네 마리의 커다란 들쥐가 쥐구멍에서 살짝 기어 나와 뒷다리를 쪼그리고 앉아 허리를 곧추세우고 메이저의 연설을 듣고 있었기 때문이다.

갑자기 개 한 마리가 이들을 발견하고 달려들었지만, 쥐들은 잽싸게 쥐구멍 속으로 뛰어들어 간신히 목숨을 건졌다. 메이저 영감은 앞발을 쳐들어 모두에게 조용히 하라고 신호한 다음 다시 말을 이었다.

"동지 여러분, 먼저 해결하고 넘어가야 할 문제가 하나 있습니다. 쥐나 산토끼 같은 야생 동물은 우리의 동지입니까? 아니면 우리의 적입니까? 표결에 붙이도록 합시다. '쥐는 동지입니까?'를 본회의에 제안합니다."

즉시 투표가 실시되었다. 쥐는 동지라는 것에 압도적인 다수가 찬성했고 반대표는 겨우 4표가 나왔다. 그 4표는 개 세 마리와 고양이 표였는데, 고양이는 찬반 양쪽에 다 투표했다는 것이 나중에 밝혀졌다.

메이저 영감은 다시 연설을 계속했다.

“나는 이제 더 할 말이 없습니다. 다만 되풀이해서 강조하고 싶은 것은, 인간과 그들의 모든 방식에 대해 적개심을 가지라는 것입니다. 그것이 바로 여러분의 의무라는 것을 항상 기억하세요.

두 다리로 걷는 것은 무엇이든 우리의 적입니다. 네 발로 걷는 것, 그리고 날개가 달린 것은 무엇이든 우리의 동지입니다. 또 인간에 대항해서 싸울 때 인간의 방식을 모방해서는 절대로 안 된다는 것을 명심하세요. 심지어 우리가 인간을 정복한 후에라도 우리는 그들의 악습에 물들지 않도록 조심해야만 합니다.

어떤 동물도 인간의 주택에서 살면 안 됩니다. 침대에서 자거나 옷을 입거나 술을 마시거나 담배를 피우거나 돈을 만지거나 장사를 하면 안 됩니다. 인간의 모든 관습은 악덕입니다.

그리고 무엇보다도 동물은 같은 동물을 탄압해서는 안 됩니다. 약하든 강하든, 영리하든 어리석든, 동물은 모두가 형제입니다. 어떤 동물도 절대로 다른 동물을 죽이면 안 됩니다. 모든 동물은 평등합니다.

자, 그럼, 동지 여러분, 내가 어젯밤에 꾼 꿈 얘기를 해드리겠습니다. 그 꿈을 내가 꾼 그대로 다 여러분에게 보여줄 수 있다면 얼마나 좋을까요? 안타깝지만 아무튼 최대한 자세히 얘기해 드리겠습니다.

그것은 인간이 사라지고 난 뒤에 도래할 세상에 대한 꿈이었습니다. 그 꿈은 내가 아주 오랫동안 잊고 있었던 옛일을 생각나게 했습니다. 아주 오래전에, 내가 아기돼지였을 때, 우리 어머니와 다른 암퇘지들이 입버릇처럼 부르던 노래가 하나 있었어요. 그분들은 그 노래의 가락은 다 알고 있었지만, 가사는 겨우 3줄만 외고 있었습니다. 나도 어린 시절에는 그 노래를 알고 있었는데 그동안 까맣게 잊고 살았지요.

그런데 어젯밤에 그 노래가 꿈속에서 되살아난 것입니다. 게다가 노래 가사까지도 완벽하게 되살아났어요. 틀림없이 아주 오랜 옛날부터 세대에서 세대로 전해지고 이어지며 동물들이 불렀던, 그러나 그 뒤로는 그만 잊히고 말았던 그 노래가 말입니다.

동지 여러분, 이제 그 노래를 불러보겠습니다. 나는 이제 늙어서 목소리도 쉬었습니다.

그러나 내가 여러분에게 가르쳐주면 여러분은 잘 부를 수 있을 것입니다. 이 노래의 제목은 《영국의 짐승들》입니다."

메이저 영감은 목청을 가다듬고 노래를 부르기 시작했다. 그의 말마따나 목소리는 쉬어 있었지만 노래 솜씨는 아주 좋았다. 그 노래는 《클레멘타인》과 《라 쿠카라차》의 중간쯤 되는 그 무엇처럼 감동적인 노래였다.

영국의 짐승들이여, 아일랜드의 짐승들이여,
온 세상, 온 땅의 짐승들이여,
들어라, 황금빛으로 빛나는
미래의 이 기쁜 소식을.

머잖아 그날이 오리니,
잔인하고 난폭한 인간들이 멸망하고
영국의 풍요로운 들판은
오직 짐승들만이 밟고 다니리.

우리의 코에서 코뚜레는 사라지고
우리의 등에서 마구는 사라지리.
재갈과 박차 따위 영원히 녹슬고
잔인한 채찍 더 이상 소리 내지 않으리.

상상 그 이상의 풍요가,
밀과 보리, 귀리와 건초,
클로버, 콩, 그리고 사탕무가
우리의 것이 되리, 그날이 오면.

영국의 들판은 밝게 빛나고
그 강물 더욱 맑아지고
그 바람 더 감미롭게 불어오리니,
우리 자유롭게 해방되는 그날이 오면.

그날을 위해 우리 모두 일하리.
그날이 밝기 전에 우리가 죽더라도
암소도 말도 거위도 칠면조도
자유를 위해 우리 모두 노력하세.

영국의 짐승들이여, 아일랜드의 짐승들이여,
온 세상, 온 땅의 짐승들이여,
들어라, 황금빛으로 빛나는
미래의 이 기쁜 소식을.

이 노래를 듣고 동물들은 열광했다. 흥분한 동물들은 메이저 영감이 노래를 끝까지 다 부르기도 전에 벌써 노래를 따라 부르기 시작했다.

가장 머리가 나쁜 동물들까지도 이미 곡조와 가사를 몇 절이라도 외고 있었고, 돼지나 개처럼 영리한 동물들은 몇 분 만에 노래를 완전히 외워버렸다. 그래서 몇 번 연습을 한 다음에는 농장 안의 동물들이 모두 함께, 마치 봇물이 터져 나오는 것처럼 《영국의 짐승들》을 합창하기 시작했다. 암소들은 음매음매, 개는 멍멍, 양은 매에매에, 말은 히히힝히히힝, 오리는 꽥꽥거리며 모두 함께 노래를 불렀다.

그들은 이 노래가 어찌나 마음에 들었는지 연거푸 다섯 번이나 계속 불렀다. 훼방만 받지 않았더라면 아마 밤새도록 불러댔을 것이었다.

그런데 불행히도 이 소란은 존스 씨를 깨웠다. 틀림없이 안뜰에 여우가 들어온 거라 확신하고 그는 자리에서 벌떡 일어나, 언제나 침실 한구석에 세워둔 총을 들고 밖으로 뛰어나왔다. 그는 어둠 속을 향해 연속해서 여섯 발을 쏘았다. 산탄이 헛간 벽에 박히자마자 회의는 순식간에 해산되었다.

동물들은 모두 각자의 잠자리로 도망쳐갔다. 새들은 횃대로 날아 올라갔고 동물들은 짚으로 만든 자리 속으로 들어갔다. 그렇게 농장은 순식간에 잠이 들었다.

2

그로부터 사흘 밤이 지났다. 메이저 영감은 잠을 자다가 평화롭게 숨을 거두었고, 그의 시체는 과수원 한구석에 묻혔다.

때는 3월 초순이었다. 그로부터 석 달 동안 농장에서는 아주 많은 비밀 활동이 전개되고 있었다. 메이저 영감의 연설이 농장 안의 총명한 동물들에게 자신의 삶을 돌아보게 했고, 현실을 직시하게 했으며, 완전히 새로운 시각으로 삶을 바라보도록 일깨운 것이다.

메이저 영감이 예언한 반란이 언제 일어날지는 아무도 알 수 없는 일이었다. 그리고 반란이 자기들이 살아있는 동안에 일어날 것이라고 믿을 만한 근거가 있는 것도 전혀 아니었다. 하지만 머잖아, 언젠가는 일어날 반란을 위해 준비하는 것이 그들에게 주어진 의무라는 것을 그들은 알고 있었다.

동지들을 교육하고 조직하는 일은 자연스럽게 돼지들이 맡게 되었다. 왜냐하면 돼지들이 가장 현명하다고 동물들이 모두 인정했기 때문이었다.

이들 가운데에서도 특히 두드러진 돼지는 스노볼과 나폴레옹이었다. 그들은 둘 다 존스 씨가 나중에 팔려고 공들여 키우는 젊은 수퇘지들이었다.

나폴레옹은 덩치가 크고 험상궂게 생긴 버크셔종이었다. 이 농장에서는 유일한 버크셔종으로, 말을 아주 잘하는 편은 아니었지만 자기 방식대로 단호하게 일을 처리한다는 평판이 있었다.

스노볼은 나폴레옹보다 더 활달한 성격으로 말이 빠르고 말솜씨가 좋았으며, 무척 창의적이지만 나폴레옹처럼 깊이가 느껴지는 인품은 없어 보였다.

그 밖의 다른 수퇘지들은 모두 식용 돼지였다. 그들 가운데 가장 유명한 것은 스퀼러였는데, 그는 작고 통통한 몸매에 동그란 볼과 반짝이는 눈, 재빠르고 날쌘 동작, 날카로운 목소리, 화려한 말솜씨를 갖고 있었다.

스퀼러는 어려운 문제를 논의할 때 좌우로 깡충깡충 뛰면서 꼬리를 흔드는 버릇이 있었는데 그의 이런 동작은 왠지 설득력이 있어서, 스퀼러는 검은 것을 하얀 것으로 바꿀 수도 있다고 말하는 동물도 있을 정도였다.

이들 세 마리 돼지는 메이저 영감의 가르침을 하나의 완전한 사상 체계로 정립해서 동물주의라고 이름 붙였다. 1주일에 몇 밤씩 그들은 존스 씨가 잠든 뒤에 헛간에서 비밀회의를 열고, 동물주의의 근본 원리를 다른 동물들에게 설명해 주었다. 그들이 처음 맞닥뜨린 가장 큰 난관은 다른 동물들의 무관심과 어리석음이었다.

어떤 동물은 '존스 씨는 우리의 주인이다. 주인에게 충성을 다하는 것이 의무라고 생각한다'고 주장했고, 어떤 동물은 '존스 씨가 우리를 먹여 살리는데 만약 그가 없어지면 우리는 모두 굶어 죽을 거'라며 유치한 걱정을 하기도 했다. 어떤 동물은 '왜 우리가 죽은 뒤에 일어날 일까지 걱정해야 하나?'며 짜증을 냈고, 어떤 동물은 '이런 반란이 어차피 일어나게 되어 있다면 우리가 노력하든 안 하든 뭐가 달라지냐?'며 고개를 갸웃거렸다.

그래서 돼지들은 그런 사고방식이 근본적으로 동물주의 정신에 위배 된다는 것을 동물들에게 이해시키는데 아주 큰 어려움을 겪었다.

그 가운데에서도 가장 어리석은 질문을 한 것은 누가 뭐래도 하얀 암말 몰리였다.

"반란이 끝난 후에도 설탕이 있나요?"

몰리가 스노볼에게 한 첫 번째 질문이었다.

"없소. 이 농장엔 설탕을 만드는 시설이 없고, 게다가 당신에겐 설탕 같은 것이 필요하지도 않소. 당신은 귀리와 건초를 먹고 싶은 대로 얼마든지 먹게 될 거요."

스노볼이 딱 잘라 말했다.

"그럼 갈기에 리본을 다는 건 괜찮은가요?"

몰리가 물었다.

"동무, 동무가 그렇게도 집착하는 리본은 노예의 상징이에요. 자유가 리본 따위보다 훨씬 귀중하다는 걸 모르겠어요?" 스노볼이 점잖게 말했다.

몰리는 알겠다고 대답은 했지만 진짜로 수긍하는 것처럼 들리지는 않았다.

길들여진 까마귀 모세도 이들 세 마리 돼지를 무척 애먹였다. 모세는 동물들에게 헛소문을 퍼뜨리고 다녔는데 그 헛소문이 동물들에게 끼치는 영향을 막아내야 했기 때문이다.

존스 씨가 각별히 아끼고 사랑하던 모세는 스파이 겸 고자질쟁이였는데 그 역시 아주 영리한 달변가였다.

그는 얼음 사탕 산이라는 신비로운 나라가 있는데, 모든 동물이 죽으면 그곳으로 간다고 주장했다. 저 높은 하늘 위, 구름 저편 어딘가에 있는 얼음 사탕 산에서는 1주일에 7일이 일요일이고, 1년 내내 클로버가 자라며, 울타리에서는 각설탕과 아마 씨로 만든 깻묵 덩어리가 자란다는 것이었다.

동물들은 모두 그를 미워했다. 고자질만 하고 일은 하나도 하지 않았기 때문이다. 하지만 얼음 사탕 산이 정말 있다고 믿는 동물들도 있었다. 그래서 돼지들은 그런 나라는 절대로 없다고 동물들을 설득하기 위해서 아주 열심히 논쟁해야만 했다.

돼지들의 가장 충실한 제자는 마차를 끄는 복서와 클로버였다. 스스로 뭔가를 생각해 내는 것은 이들에게 엄청나게 힘든 일이었지만, 일단 돼지들을 스승으로 받아들인 다음부터는 돼지들이 가르치는 것을 하나에서 열까지 모두 흡수했고, 다른 동물들에게 간단한 논리로 전달했다. 그들은 헛간에서 열리는 모든 비밀회의에 반드시 참석했고, 회의를 마칠 때 부르는《영국의 짐승들》을 앞장서서 불렀다.

* * *

하지만 반란이 그렇게 빨리, 그렇게 쉽게 성취되리라고는 아무도 예상하지 못한 일이었다.

존스 씨는 가혹한 주인이긴 해도 유능한 농장주였다. 그러나 최근 들어 불운에 빠진 채 좀처럼 헤어 나오지 못하고 있었다. 그는 그동안 소송에 휘말려 있었는데 그 소송에 져서 큰돈을 잃었고, 그 일이 있은 다음부터 완전히 의기소침해져서 몸을 망칠 정도로 술을 마셨다.

그는 하루 종일 부엌에 있는 윈저식 의자에 누워 신문을 읽거나 술을 마시면서 지냈다. 고작 움직인다는 것이 가끔 모세에게 맥주에 적신 빵조각을 주는 것이었고, 그런 식으로 몇 날 며칠을 빈둥거렸다.

그러자 농장의 일꾼들도 게으름을 피우며 꾀를 부리기 시작했다. 들에는 잡초가 우거지고 건물의 지붕은 헐어서 공사를 해야 할 형편이었으며, 울타리는 손질하지 않아 엉망이었고, 동물들은 먹이를 제대로 받아먹지 못했다.

6월이 되자 건초용 풀이 이제 베기만 하면 될 정도로 무성해졌다. 성 요한 축일 전야는 토요일이었는데, 윌링던에 나간 존스 씨는 레드라이언이라는 술집에서 곤드레만드레 취해서 일요일 정오가 되도록 농장에 돌아오지 않았다.

일꾼들은 일요일 아침 일찍 일어나 얼른 암소 젖을 짜 놓고는, 가축들에게 사료 주는 것은 까맣게 잊은 채 토끼 사냥을 나가버렸다. 존스 씨 역시 돌아오자마자 곧바로 응접실 소파에 누워서 《뉴스 오브 더 월드》지로 얼굴을 덮고 잠들어버렸기 때문에 동물들은 저녁때가 되도록 꼬박 굶고 있었다.

마침내 동물들은 더 이상 참을 수 없는 지경에 이르렀다. 암소 한 마리가 뿔로 곳간 문을 들이받아 부수자, 모든 동물들이 제각기 곡식 저장 통을 뒤져 먹기 시작했다. 그 소리를 듣고 존스 씨는 잠에서 깼다. 즉시 그는 일꾼 네 명과 함께 손에 채찍을 들고 곳간으로 뛰어 들어가서 마구 채찍을 휘둘렀다. 그것은 굶주린 동물들이 참을 수 있는 한계를 넘는 일이었다.

미리 그렇게 하기로 약속한 것은 아니었지만 동물들

은 일제히 그들의 박해자들에게 덤벼들었다. 존스 씨와 일꾼들은 사방에서 동물들에게 뿔로 받치고 발로 차이는 공격을 받았다. 걷잡을 수 없는 사태였다.

인간들은 동물들이 이런 식으로 행동하는 것을 이제껏 단 한 번도 본 적이 없었다. 지금까지 마음 내키는 대로 동물들을 채찍으로 마구 후려치거나 혹사하고 학대하는 데 익숙했던 인간들은 동물들의 갑작스러운 반란에 어찌나 놀랐는지 정신이 나가버릴 정도였다.

겨우 몇 분 만에 그들은 방어조차 포기하고 도망치기 시작했다. 그리고 1분쯤 뒤에는 의기양양하게 추격하는 동물들을 피해 다섯 명 모두 전속력으로 큰길로 빠지는 마찻길 아래로 달아나고 있었다.

존스 씨의 아내는 침실 창가에서 이 광경을 지켜보고 있었다. 그녀는 지금 무슨 일이 일어나고 있는지 금방 알아차리고는 등줄기가 오싹했다. 그녀는 급한 대로 중요한 소지품만 재빨리 여행용 가방에 챙긴 다음 다른 길로 몰래 농장을 빠져나갔다. 모세는 횃대에서 날아 내려와 큰 소리로 까악까악 울며 존스 부인의 뒤를 따라 날아갔다.

한편 존스와 그의 일당을 큰길까지 추격했던 동물들은 다섯 개의 빗장이 달린 문을 쾅 닫아버렸다.

이렇게 해서 동물들은 자신들이 무슨 일을 하고 있는지 알지도 못하는 사이에 반란을 성공적으로 이루고 말았다. 존스는 추방되었다. 그리고 매너 농장은 그들의 것이 되었다.

* * *

처음 얼마 동안 동물들은 자신들의 행운을 믿을 수가 없어서 어리둥절한 상태였다. 하지만 일단 정신을 차리고 나서, 그들이 맨 처음 한 일은 농장 주위를 떼 지어 달리는 것이었다. 농장 어느 구석에 인간이 한 명이라도 숨어 있는지 확인하려는 것처럼 그들은 농장을 샅샅이 돌았다. 그런 다음에 그들은 존스의 가증스러운 지배의 흔적을 마지막 하나까지 말끔히 지워버리기 위해 농장 건물로 달려 돌아왔다.

마구간 끝에 있는 마구 창고가 부서져 열렸다. 재갈, 코뚜레, 개 사슬, 그리고 존스 씨가 그동안 돼지나 양을 거세할 때 쓰던 잔인한 칼 따위는 모두 우물 속으로 던져졌고, 고삐, 굴레, 눈가리개 그리고 모욕적인 꼴망태 따위는 모두 쓰레기를 태우기 위해 마당에 피워 놓은 화톳불 속으로 던져졌다. 채찍도 불 속에 처넣었다. 채찍이 불길 속에서 타오르는 것을 보고 동물들은 하나같이 기뻐 날뛰었다. 스노볼은 장날이면 언제나 말의 갈기와 꼬리를 장식하던 리본을 불에 던졌다.

"리본은 인간을 상징하는 옷이라고 생각해야 합니다. 동물은 모두 벌거숭이로 살아야 하는 것입니다."

스노볼이 말했다.

이 말을 듣자마자 복서는 여름에 파리가 귓전에서 들끓는 것을 막기 위해 쓰고 다니던 조그만 밀짚모자를 가져오더니 다른 것들과 함께 불 속에 처넣었다.

아주 짧은 시간 동안에 동물들은 존스 씨를 생각나게 할 만한 것은 모조리 불태워버렸다. 그런 다음에 나폴레옹은 동물들을 식량 창고로 데리고 가서 그들이 평소에 받던 양의 두 배나 되는 밀을 모두에게 각각 나눠주고 개들에게는 각각 비스킷을 두 개씩 주었다. 그리고 동물들은 다 함께 《영국의 짐승들》을 처음부터 끝까지 계속해서 일곱 번이나 합창한 다음 잠자리에 들어가 이제까지와는 전혀 다르게 잠들었다.

그러나 그들은 여느 때와 마찬가지로 새벽녘에 잠을 깼다. 그리고 갑자기 어제 일어났던 그 영광스러운 사건을 기억해 내고 모두 급히 꼴밭으로 달려갔다.

꼴밭 바로 옆에는 농장 전체를 한눈에 내려다볼 수 있는 작은 언덕이 있었다. 동물들은 모두 그 언덕 꼭대기로 달려 올라갔다. 맑은 아침 햇살 속에서 그들은 사방을 둘러보았다.

그래, 이 모든 것이 이제 다 우리 것이다. 눈에 보이는 이 모든 것이 다 우리 것이라고!

이렇게 생각하자 어찌나 기쁜지 모두의 가슴이 벅차올랐다. 그들은 주변을 빙글빙글 돌며 뛰어 돌아다니기도 하고 흥분한 나머지 공중으로 펄쩍 뛰어오르기도 했다. 아침 이슬 속을 뒹굴고, 싱싱한 여름풀을 한입 가득 뜯어 먹으면서, 검은 흙덩어리를 힘껏 걷어차 그 진한 흙냄새를 맡아보기도 했다.

이윽고 그들은 떼를 지어 농장 전체를 한 바퀴 돌면서 구석구석 살펴보기 시작했다. 경작지와 풀밭, 과수원과 연못, 덤불숲, 그 모든 것들이 말로 표현할 수 없는 감동 그 자체였다.

마치 이제껏 한 번도 본 적이 없었던 것처럼 그 모든 것이 새롭고 신선했고 전과 달랐다. 지금 이 순간에도 이 모든 것이 자신들의 소유라는 것을 동물들은 거의 믿을 수가 없었다.

이윽고 동물들은 줄지어 농장 건물로 돌아가서 농장주의 집 문 앞에서 발길을 멈추었다. 이 집도 역시 이제 그들 것이었다. 하지만 안으로 들어가는 것은 그들에게 여전히 두려운 일이었다. 그래도 들어가야 했다. 잠시 후에 스노볼과 나폴레옹이 어깨로 문을 밀어젖혔다. 동물들은 한 줄로 서서 안으로 들어갔다.

동물들은 그 무엇도 건드리지 않으려고 최대한 조심하면서 발끝으로 살금살금 이 방에서 저 방으로 돌아다니며 큰소리를 내는 것조차 두려워 작게 소곤거렸다. 믿을 수 없을 만큼 호사스러운 갖가지 물건들을 동물들은 놀라움과 두려움이 섞인 눈으로 바라보았다.

그들의 깃털로 만든 매트리스가 놓인 침대, 커다란 거울, 말총으로 만든 소파, 브뤼셀 양탄자, 응접실 벽난로 위에 걸린 빅토리아 여왕의 석판화 등등.

몰리가 사라진 것을 발견한 것은 그들이 계단을 내려

오고 있을 때였다. 그들이 다시 집안으로 돌아가 보니 몰리는 가장 멋진 침실에 남아 있었다. 몰리는 존스 부인의 화장대에서 파란 리본을 꺼내 자기 어깨에 걸쳐보면서 아주 얼빠진 모습으로 거울에 비친 자기 모습에 감탄하고 있었다. 동물들은 그녀를 신랄하게 나무란 다음 밖으로 데리고 나왔다.

그들은 부엌에 매달려 있던 돼지고기 햄을 들고나와 땅에 묻었다. 그리고 부엌방에 있던 맥주 통을 복서가 발굽으로 차서 깨버린 것 말고는 어떤 물건에도 손대지 않았다. 즉석에서 농장 주택을 박물관으로 보존하자는 안이 만장일치로 가결되었다. 어떤 동물도 그곳에서 살아서는 안 된다는 점에 대해서도 모두 합의했다.

아침 식사가 끝난 뒤에 스노볼과 나폴레옹이 다시 그들을 불러 모았다.

"동지 여러분! 지금은 여섯 시 반이고 우리 앞에는 아주 긴 하루가 있습니다. 오늘부터 우리는 건초 수확을 시작합니다. 하지만 그에 앞서 한 가지 처리해야 할 일이 하나 있습니다."

스노볼이 말했다.

돼지들은 지난 석 달 동안, 존스 씨의 아이들이 쓰레기 더미에 내버린 낡은 철자법 교과서를 주워서 읽기와 쓰기를 독학으로 배웠다는 사실을 밝혔다.

나폴레옹은 검정과 흰색 페인트를 가져오게 한 다음 큰길로 통하는, 빗장이 다섯 개나 달린 문까지 앞장서서 동물들을 데리고 갔다. 그러고 나서 스노볼은 (그가 글씨를 가장 잘 썼기 때문에) 두 개의 앞 발가락 사이에 붓을 끼워서 맨 위쪽 빗장에 쓰인 '매너 농장'이라는 글씨를 지워버린 다음 그 자리에 '동물 농장'이라고 썼다. 그것은 이제부터 이 농장의 이름이 될 것이었다.

그들은 다시 농장 건물로 돌아왔다. 스노볼과 나폴레옹은 사다리를 헛간 벽에 세워놓도록 했다. 그들은 지난 석 달 동안 연구한 끝에 동물주의 원칙을 7계명으로 요약하는 데 성공했다고 동물들에게 설명했다.

그 7계명이 이제 벽에 새겨질 것이었다. 그렇게 되면 그 7계명은 '동물 농장'의 모든 동물들이 영원히 준수해야 할 불변의 법칙이 될 것이었다.

스노볼이 겨우겨우 (돼지가 사다리 위에서 균형을 잡는 건 쉬운 일이 아니니까) 사다리를 기어 올라가서 글씨를 쓰는 동안, 스퀼러는 몇 단 아래서 페인트통을 들고 서서 스노볼을 보조했다.

타르를 칠한 벽 위에 하얀색 글씨로, 30야드 밖에서도 읽을 수 있을 정도로 커다랗게, 스노볼은 7계명을 썼다. 7계명은 다음과 같았다.

7계명

1. 두 다리로 걷는 자는 모두 적이다.
2. 네 다리로 걷거나 날개가 있는 자는 모두 친구다.
3. 동물은 절대로 옷을 입으면 안 된다.
4. 동물은 절대로 침대에서 자면 안 된다.
5. 동물은 절대로 술을 마시면 안 된다.
6. 동물은 절대로 다른 동물을 죽이면 안 된다.
7. 모든 동물은 평등하다.

글씨는 아주 깔끔했다. 'friend'가 'freind'로 되고, S자 하나가 반대 방향으로 돌려진 것 말고는 처음부터 끝까지 맞춤법도 정확했다.

스노볼은 큰소리로 그것을 다른 동물들에게 읽어주었다. 동물들은 모두 전적인 동의를 표시하며 고개를 끄덕였고, 더 영리한 동물들은 금세 7계명을 외우기 시작했다.

"자, 동지 여러분! 이제 풀밭으로 갑시다. 우리의 명예를 걸고 존스와 그의 일꾼들보다 더 빨리 수확하도록 합시다."

스노볼이 페인트 붓을 내던지며 말했다.

하지만 바로 그때, 아까부터 몹시 불편해 보이던 암소 세 마리가 큰소리로 울부짖었다. 24시간 동안 젖을 짜지 않았기 때문에 금방이라도 터질 것처럼 젖통이 부풀어 있었던 것이다. 잠시 난감해하던 돼지들은 달리 방법이 없었기 때문에 양동이를 가져오게 해서 젖을 짜기 시작했다. 일단 시작해 보니 돼지의 앞발이 젖을 짜는 데 아주 안성맞춤이라는 것을 알게 되었다.

돼지들은 젖을 짜는 일에 금방 익숙해졌다. 거품이 이는 크림색 우유가 순식간에 다섯 개의 양동이를 가득 채웠다. 많은 동물들이 우유가 든 양동이를 바라보며 아주 깊은 관심을 표했다.

"이 많은 우유를 다 어떻게 하지?"

누군가가 말했다.

"존스는 가끔씩 우리 사료에 우유를 조금씩 섞어주었는데……."

암탉 한 마리가 말했다.

"동지 여러분, 우유 따위에 신경 쓰지 마세요! 그건 우리가 알아서 잘 처리할 겁니다. 지금은 건초 수확이 더 중요해요. 스노볼 동지가 여러분을 안내할 겁니다. 나도 곧 뒤따라가겠소. 동지들, 앞으로 갓! 건초용 풀이 기다리고 있어요."

나폴레옹이 양동이 앞으로 나서면서 말했다.

그래서 동물들은 건초용 풀을 수확하기 위해 건초 밭으로 무리 지어 갔다. 그리고 저녁에 돌아왔을 때 그들은 우유가 어디론가 감쪽같이 사라져 버린 것을 알게 되었다.

3

건초용 풀을 거둬들이느라 그들이 얼마나 애쓰고 땀 흘렸는지 모른다. 하지만 수확한 양이 기대했던 것보다 훨씬 더 많았기 때문에 그들은 고생한 보람을 느꼈다. 가끔은 무척 힘겹기도 했다. 원래 도구라는 것은 인간을 위해 설계된 것이었기 때문에 뒷발로 설 수 없는 동물들로서는 농기구들을 사용할 수 없다는 것이 크나큰 장애가 되었다. 하지만 돼지들은 무척 영리했기 때문에 어려운 일이 생길 때마다 피해 갈 방법을 고안해 냈다.

말들로 말하자면, 그들은 밭 구석구석을 훤히 잘 알고 있었고, 풀을 베고 그러모으는 일은 존스와 그의 일꾼들보다도 훨씬 더 잘했다.

돼지들은 실제로 일을 하는 대신 다른 동물들을 지휘하고 감독했다. 뛰어난 지식을 갖고 있는 그들이 지도자가 되는 것은 당연한 일이었다.

복서와 클로버는 항상 풀 베는 기계나 써레를 몸에 마구로 연결하고 (물론 이제는 재갈과 고삐는 필요 없었다) 꾸준히 밭을 돌고 또 돌았다. 돼지 한 마리가 늘 그들 뒤를 따라다니며 간혹 "이랴, 동지!" 또는 "워워, 뒤로, 동지!" 하며 소리를 질렀다.

동물들은 가장 작은 동물들까지 모두 총동원되어 건초용 풀을 뒤집고 거둬들이는 일을 했다. 심지어 오리와 암탉들까지도 하루 종일 뙤약볕 속에서 왔다 갔다 하며 작은 풀 다발까지 주둥이로 물어 날랐다.

드디어 수확을 끝냈다. 존스와 그의 일꾼들보다 이틀이나 빠르고, 이 농장에서 일찍이 보지 못했던 풍성한 수확이었다. 낭비라곤 요만큼도 없었다. 암탉과 오리들이 마지막 풀줄기 하나까지 다 주워 모았고, 농장의 동물들은 누구도 단 한 입조차 훔쳐 먹지 않았다.

여름 내내 농장 일은 시계처럼 정확하게 규칙적으로 진행되었다. 동물들은 행복했다. 한입 가득 먹이를 먹을 때마다 강렬한 기쁨을 느꼈다. 인색한 주인이 나눠준 먹이가 아니라, 그들 자신의 힘으로 자신을 위하여 만든 진정한 자신들의 먹이였다.

쓸모없는 기생충 같은 인간들이 없어졌기 때문에 모두에게 더 많은 먹이가 돌아갔다. 동물들은 여가 시간을 경험해 본 적이 없었기 때문에 그걸 어떻게 쓸지도 몰랐지만 아무튼 여가 시간도 더 많아졌다.

물론 그들은 계속 여러 가지 난관에 부닥뜨렸다. 예를 들면, 그해 가을에 곡식을 거둬들일 때만 해도, 그 농장에는 탈곡기가 한 대도 없었기 때문에 옛날 방식대로 벼를 발로 밟아 낟알을 벗기고 훅훅 불어서 왕겨를 날려야만 했다. 하지만 그들에게는 영리한 돼지들과 어마어마한 근육질 복서가 있었다. 그리고 그들은 언제나 그 모든 것을 극복할 해결책을 찾아냈다.

복서는 모든 동물들의 존경을 받았다. 그는 존스 시절에도 부지런한 일꾼이었지만, 지금은 그저 한 마리의 말이라기보다는 마치 세 마리의 말처럼 보였고, 농장 일이 온통 그의 억센 어깨 위에 걸려 있는 것처럼 생각되었다. 아침부터 밤까지 그는 언제나 가장 어려운 일거리를 도맡아 밀고 당기며 일했다. 그는 수평아리에게 매일 아침 30분 더 일찍 깨워달라고 부탁해서, 정규 일과가 시작되기 전에 가장 필요한 일을 해치우곤 했다.

무슨 어려운 문제가 생기든 그의 대답은 늘 "내가 좀 더 열심히 일하면 되는 거야!"였다. 실제로 그는 그 말을 자기 모토로 삼고 있었다.

동물들은 모두 각자의 능력에 따라 일했다. 예를 들면, 닭과 오리들은 수확할 때 흩어진 낟알을 주워 모아서 거의 180리터나 되는 곡식을 건졌다. 아무도 훔치지 않았고, 식량 배급이 적다고 불평하는 소리도 없었다. 예전 같으면 하루에도 몇 번씩 일어나던 싸움질이나 물어뜯기, 질투하는 행동들도 거의 자취를 감추었다. 아무도, 아니, 거의 아무도 꾀를 부리지 않았다.

사실 몰리는 아침에 일찍 일어나는 것을 힘들어했고, 저녁마다 발굽에 돌이 끼었다는 둥 이런저런 핑계를 대면서 일찌감치 일터를 떠났다. 고양이의 행동도 좀 묘한 데가 있었다. 동물들은 할 일이 생길 때마다 고양이의 모습이 보이지 않는다는 것을 곧 알아차렸다. 고양이는 식사 시간이나, 작업이 끝난 저녁 무렵에 시치미를 뚝 떼고 다시 나타나곤 했다. 하지만 그때마다 어찌나 다정하게 가르랑거리는지 고양이에게 악의 같은 것은 전혀 없다고 모두 믿지 않을 수가 없었다.

당나귀 벤자민 영감은 반란 이후에도 조금도 달라진 게 없었다. 그는 존스 시절에 그랬던 것처럼 똑같이 느릿느릿 일했다. 절대로 꾀를 부리지는 않았지만 그렇다고 자진해서 더 많이 일하지도 않았다. 반란과 그 결과에 대해서도 그는 어떤 의사 표시도 하지 않았다. 존스가 없어져서 그전보다 더 행복해지지 않았느냐고 물으면 그는 단지 이렇게 말할 뿐이었다.

"당나귀는 아주 오래 살지. 아마 아무도 죽은 당나귀를 본 적이 없을걸."

동물들은 이 수수께끼 같은 대답이 도대체 무슨 뜻인지 알 수가 없었지만 더 이상 설명을 들을 수도 없으니 그냥 그런가 보다 할 수밖에 없었다.

일요일은 쉬는 날이었기 때문에 동물들은 평소보다 한 시간 늦게 느긋하게 아침을 먹었다. 아침 식사 후에는 매주 한 번도 거르지 않고 깃발을 게양했다. 스노볼은 마구간에서 존스 부인이 쓰던 낡은 초록색 테이블보를 발견하고, 그 위에 하얀색 페인트로 발굽과 뿔을 그렸다. 그리고 일요일 아침마다 농장 주택 마당에 있는 게양대에 이 깃발을 끌어 올렸다.

스노볼은, 깃발의 바탕이 초록색인 것은 영국의 푸른 들판을 나타내는 것이며, 굽과 뿔은 인류가 완전히 타도되었을 때 탄생할 미래의 동물 공화국을 상징하는 것이라고 설명했다.

깃발을 게양하고 나면, 동물들은 모두 미팅이라고 불리는 일요 총회에 참석하기 위해 큰 헛간으로 떼 지어 들어갔다. 이 총회에서 다음 주에 동물들이 해야 할 작업 계획이 세워지고 여러 가지 결의안이 제출되고 토론되었다. 결의안을 제출하는 것은 언제나 돼지들이었다. 제출된 결의안을 표결하는 것까지는 해도 자신들이 직접 결의안을 낸다는 것은 다른 동물들로서는 도저히 불가능한 일이었기 때문이다.

토론할 때 가장 적극적으로 발언하는 것은 누가 뭐래도 스노볼과 나폴레옹이었다. 그런데 이 두 돼지는 의견이 일치하는 일이 없었다. 한쪽이 어떤 제안을 하면 다른 한쪽은 반드시 그것에 대해 강력하게 반박하고 나섰다. 심지어는 노동 연령이 지난 동물들의 휴식처로 과수원 뒤의 작은 꼴밭을 따로 떼어놓자는 의안이 결정되었을 때조차도 격렬한 논쟁이 벌어질 정도였다.

물론 이 문제는 워낙 분명하게 확정된 것이었기 때문에 결의안 자체에 대해서는 둘 다 감히 반대하지 않았지만, 동물들의 종류에 따라 언제가 가장 적절한 은퇴 연령인지 갑론을박했던 것이다.

어쨌든 총회가 끝날 때는 언제나 모두 함께 《영국의 짐승들》을 합창했다. 그리고 나머지 오후 시간은 오락 시간으로 배정되었다.

돼지들은 마구간을 본부로 사용했다. 저녁이 되면 그들은 그곳에서 농장 주택에서 가져온 책을 보면서 대장장이 일과 목공 일 등 여러 가지 필요한 기술을 공부했다. 스노볼은 또 각각의 동물들을 모아서 동물위원회라는 것을 조직하느라고 바빴는데, 그는 정말 지치지도 않고 이런 일들을 했다.

그는 읽기와 쓰기 교실을 설치한 것 말고도 암탉들을 위해서는 '계란 생산 위원회'를, 암소들을 위해서는 '깨끗한 꼬리 연맹'을, 그리고 '야생 동지 재교육위원회'를, (이 위원회의 목적은 들쥐나 산토끼를 길들이는 데 있었다) 양들을 위해서는 '더 하얀 양털 운동' 등 아주 다양한 조직을 만들었다.

그러나 전반적으로 볼 때 이런 계획들은 거의 다 실패했다. 예를 들어 야생 동물을 길들이려는 시도는 거의 시작하자마자 실패했다. 그들의 행동은 교육을 받기 전이나 후나 똑같아서 절대 고쳐지지 않았고, 관대하게 대해주면 그것을 이용했다. 고양이는 재교육위원회에 가입하고 며칠 동안은 열심히 일했다. 그러나 어느 날 고양이가 지붕 위에 앉아 있는 것을 발견했을 때, 고양이는 손이 닿지 않는 곳에서 쉬고 있는 참새들에게 모든 동물은 이제 동지니까 어떤 참새라도 내 발에 앉을 수 있다면서 달콤하게 유혹하고 있었다. 다행히 새들은 여전히 거리를 두고 넘어가지 않았지만.

읽기와 쓰기 교실은 대성공이었다. 가을이 되었을 때, 농장 안의 동물들은 거의 모두 어느 정도는 읽고 쓰기를 할 수 있게 되었다.

돼지들은 읽고 쓰기를 완전히 익혔다. 개들은 아주 충실하게 읽기를 배웠지만, 7계명 말고 다른 것을 읽는 데는 별로 관심이 없었다. 염소 뮤리엘은 개들보다 좀 더 잘 읽었다. 그래서 가끔 저녁에 쓰레기 더미에서 주워 온 신문지 조각을 다른 동물들에게 읽어주곤 했다.

벤자민은 돼지 못지않게 잘 읽었지만 절대로 자기 능력을 과시하지 않았다. 읽을 가치가 있는 것은 세상에 아무 것도 없다는 것이 그의 지론이었다.

클로버는 알파벳은 모두 외웠지만 그것을 붙여서 낱말로 읽을 줄은 몰랐다. 복서는 D까지가 한계였다. 그는 큰 발굽으로 땅에다 A, B, C, D를 써놓고는 글자들을 노려보면서 귀를 뒤로 젖히고 때론 앞머리를 흔들며 다음 글자가 뭔지 생각해 내려고 갖은 노력을 했지만 절대로 성공하지 못했다. 사실 E, F, G, H를 왼 적도 있긴 했다. 하지만 거기까지 외우면 이번에는 A, B, C, D를 까맣게 잊어버렸기 때문에 마침내 그는 처음 네 글자만으로 만족하기로 결심했다. 그리고 그것만이라도 잊지 않으려고 매일 한두 번씩 꼭 써보곤 했다.

몰리는 자기 이름 말고는 더 배우려고 하지 않았다. 작은 나뭇가지로 MOLLIE, 이 여섯 글자를 땅바닥에 아주 깔끔하게 써놓고 꽃 한두 송이로 장식한 다음, 감탄하면서 글자 주위를 빙빙 돌며 걷곤 했다.

이들을 제외한 농장의 나머지 다른 동물들은 A자에서 단 한 발짝도 더 나가지 못했다. 게다가 양, 암탉, 오리처럼 더 머리가 나쁜 동물들은 7계명조차도 외우지 못한다는 사실이 드러났다.

생각을 거듭한 끝에 스노볼은 7계명을 단 하나의 격언으로 요약할 수 있다고 선언했다. 구체적으로 그것은 '네 다리는 좋고, 두 다리는 나쁘다'였다.

그는 이 격언 속에 동물주의의 핵심적인 기본 원리가 내포되어 있다고 말했다. 누구든지 그것을 철저하게 이해하기만 한다면 인간의 영향에서 안전할 것이었다.

새들은 처음에는 반대했다. 왜냐하면 그들 역시 두 다리를 가졌다고 생각했기 때문이었다.

"동지 여러분, 새의 날개는 앞으로 나아가게 하는 추진기관이지 인간처럼 도구를 사용하기 위한 기관이 아닙니다. 그러니까 새의 날개는 손이 아니라 다리예요. 동물과 구별되는 인간의 가장 큰 특징은 손입니다. 인간들이 온갖 못된 짓을 하는 바로 그 도구 말이에요."

새들은 스노볼의 말을 이해하지는 못했지만 그의 설명을 받아들였다. 그렇게 해서 지능이 떨어지는 동물들은 모두 열심히 새로운 격언을 외우기 시작했다.

격언은 7계명 위에 그보다 더 큰 글씨로 쓰였다.

네 다리는 좋고, 두 다리는 나쁘다.

일단 외우고 나자 양들은 이 격언이 굉장히 마음에 들었는지 풀밭에 누워 있을 때면 늘 "네 다리는 좋고, 두 다리는 나쁘다! 네 다리는 좋고, 두 다리는 나쁘다!"를 지치지도 않고 몇 시간씩이나 계속 외쳐대곤 했다.

나폴레옹은 스노볼의 위원회에 대해서는 전혀 관심이 없었다. 그는 어른들을 가르치는 것보다 어린 동물들을 교육하는 것이 훨씬 더 중요하다고 주장했다.

우연히 같은 시기에 제시와 블루벨이 둘 다 새끼를 낳았다. 건초용 풀을 다 거둬들이고 얼마 지나지 않았을 때였다. 강아지는 모두 합해서 아홉 마리였다.

이들이 젖을 떼자마자 나폴레옹은 이 어린 강아지들의 교육은 자기가 책임지겠다고 나섰다. 그는 어미들에게서 새끼를 빼앗아 사다리 없이는 올라갈 수 없는 마구간의 다락방으로 데려갔다. 이렇게 완전히 격리된 상태에서 새끼들을 길렀기 때문에 농장의 다른 동물들은 어느새 강아지의 존재조차 잊어버리고 말았다.

우유가 사라졌던 수수께끼는 매일 돼지들이 사료에 섞어 먹었던 것으로 곧 밝혀졌다. 이제 조생종 사과가 익어가는 철이라 과수원 풀밭 위에는 바람에 떨어진 사과들이 여기저기 흩어져 있었다. 동물들은 마땅히 모두가 사과들을 공평하게 나눠 갖게 될 것으로 생각했다.

그런데 어느 날, 돼지들이 먹을 수 있도록 바람에 떨어진 사과들을 모두 모아서 마구간 창고로 가져오라는 명령이 떨어졌다. 이 명령에 일부에서 수군거리는 소리가 들렸지만 소용없는 일이었다. 이 점에 대해서는 모든 돼지들, 심지어 스노볼과 나폴레옹마저도 의견이 일치했던 것이다. 필요한 설명을 해주기 위해 파견된 스퀼러가 동물들에게 큰 소리로 말했다.

"동지 여러분! 저는 여러분이 설마 우리 돼지들이 이기심과 특권의식 때문에 이런다고 생각하지는 않으리라고 믿습니다. 사실 우리 돼지들은 대부분 우유와 사과를 싫어합니다. 나도 아주 싫어해요. 그런데도 그것들을 먹는 이유는 단 하나, 건강을 유지하기 위해섭니다. 우유와 사과에는 돼지의 건강에 절대적으로 꼭 필요한 성분이 함유되어 있거든요.

동지 여러분, 이것은 과학적으로 증명된 겁니다. 우리들 돼지는 정신노동자입니다. 이 농장을 운영하고 관리하고 조직하는 모든 일이 우리 돼지들에게 달려 있죠. 우리는 동지 여러분들의 복지 향상을 위해 밤낮없이 일하고 있소. 그러니 우리가 우유를 마시고 사과를 먹는 것은 다 동지 여러분을 위한 겁니다.

만약 우리 돼지들이 이런 의무를 제대로 수행하지 못하면 어떤 일이 벌어질지 여러분은 알고나 있소?

존스가 돌아올 겁니다! 그래요, 존스가 돌아올 겁니다! 틀림없어요, 동지 여러분."

스퀼러는 좌우로 깡충깡충 뛰며 꼬리를 흔들어댔다.

"여러분, 존스가 돌아오기를 바라지는 않겠지요?"

그는 거의 애원하듯 외쳤다.

지금 동물들이 완벽하게 확신하는 것이 하나 있다면 그것은 존스가 돌아오는 것을 아무도 원하지 않는다는 것이었다. 그런 관점에서 보자 동물들은 더 이상 할 말이 없었다. 돼지들의 건강을 유지하는 것이 얼마나 중요한지 너무나도 명백해졌다.

동물들은 우유와 바람에 떨어진 사과를 (그리고 사과가 다 익으면 그것까지 다 수확해서) 돼지들만을 위해서 따로 떼어놓는 것에 대해서 더 이상 왈가왈부하지 않기로 결정했다.

4

늦여름 즈음해서는 동물 농장에서 일어난 사건이 그 주(州)의 절반 가까운 지역에 소문이 났다. 스노볼과 나폴레옹은 매일 비둘기들을 날려, 이웃 농장의 동물들에게 반란의 참된 모습을 얘기해 주고 《영국의 짐승들》의 곡조와 가사를 가르쳐주게 했다.

이 무렵 존스 씨는 대부분의 시간을 윌링던에 있는 레드 라이언이라는 술집에 틀어박혀서 지냈다. 아무나 붙잡고, 머저리 같은 동물들이 농장에서 주인을 쫓아내다니 이렇게 어처구니없고 부당한 일이 또 있느냐며 하소연하는 게 일이었다.

다른 농장주들은 대체로 동정적이었지만 처음에는 아무도 그에게 별다른 도움을 주려 하지 않았고, 다들 그저 존스의 불행을 어떻게든 자기에게 유리하게 이용할 수 있지 않을까 궁리하는 게 고작이었다.

동물 농장 양쪽에 있는 두 농장주가 서로 사이가 나쁜 것은 참으로 다행스러운 일이었다. 그중 하나인 폭스우드는 넓기는 한데 관리가 잘 안 된 구닥다리 농장이었다. 삼림지 숲이 너무 무성해서 농장을 침범하고 있었고, 목초지는 거칠고 황폐했으며, 울타리는 정말 남부끄러울 정도였다. 농장주 필킹턴 씨는 철 따라 낚시질이나 사냥을 하면서 세월을 보내는 천하태평 백수였다.

또 하나는 핀치필드라는 농장이었는데, 폭스우드보다 규모는 더 작았지만 관리는 훨씬 더 잘 되어 있었다. 농장주 프레데릭 씨는 거칠고 상황 판단이 빠른 영리한 사람이었는데, 거래할 때 일방적으로 자기한테만 유리하게 밀어붙이는 것으로 유명해서 도무지 크고 작은 소송이 끊이지 않았다.

프레데릭과 필킹턴은 어찌나 앙숙인지 심지어 그들의 공동 이익을 지키는 문제에 대해서조차 합의하기 어려웠다. 그런 그들도 동물 농장의 반란에 대해서는 완전히 겁을 먹고, 자기들 농장의 동물들이 반란에 대해 자세히 알지 못하게 하려고 무진 애를 썼고, 처음에는 동물들이 스스로 농장을 경영하다니 가소롭다고 코웃음을 치면서 딱 2주만 지나면 모든 것이 깨끗하게 끝장날 것이라고 큰소리쳤다.

그들은 매너 농장의 (동물 농장이라는 이름을 절대로 용납할 수 없었기 때문에 그들은 끝내 매너 농장이라고 우겼다) 동물들은 저희끼리 매일 쌈박질하고 있으며, 조금 있으면 다 굶어 죽게 될 거라고 소문을 퍼뜨렸다.

그러나 시간이 흘러도 동물들이 굶어 죽을 기미가 전혀 보이지 않자 프레데릭과 필킹턴은 말을 바꿔, 지금 동물 농장에서 벌어지고 있는 소름 끼치는 잔학 행위에 대해 떠벌리기 시작했다. 그곳에서는 동물들끼리 서로 잡아먹고, 불에 빨갛게 달군 편자로 서로 고문하며, 암놈을 공동으로 소유한다는 소문이 퍼졌다. 자연의 법칙을 어겼기 때문에 그런 추악한 일들이 벌어지는 것이라고 프레데릭과 필킹턴은 말했다.

그렇다고 이런 소문이 전적으로 받아들여지는 것은 아니었다. 인간들을 추방하고 동물들이 자주적으로 경영하고 있다는 이 놀라운 농장에 대한 소문은, 좀 애매하고 왜곡된 형태로나마 계속 퍼져나갔고, 그해 내내 반항적인 분위기가 지방 전체로 물밀듯이 퍼져나갔다.

언제나 순하고 말 잘 듣던 황소가 갑자기 사나워졌고, 양은 울타리를 부수고 뜰로 달려 나가 채소를 모두 먹어 치웠으며, 암소들은 양동이를 발로 차 넘어뜨렸다. 사냥 말들은 울타리를 뛰어넘는 것을 거부하며 말 탄 사람을 담장 너머로 내동댕이쳤다. 무엇보다도 《영국의 짐승들》은 곡조는 물론 가사까지도 온 사방에 널리 알려졌다. 그것은 정말 엄청난 속도로 번져나갔다.

인간들은 그 노래를 듣고 겉으로는 별 우스꽝스러운 노래가 다 있다고 무시하는 척했지만, 속으로는 참을 수 없는 분노를 느꼈다. 아무리 동물이라도 그렇게 쓰레기 같은 노래를 어떻게 부를 마음이 생기는지 모르겠다고 인간들은 입을 모았다. 어떤 동물이든 그 노래를 부르다가 걸리면 그 자리에서 심한 매질을 당했다. 하지만 그 노래가 퍼지는 것을 막을 수는 없었다.

찌르레기들은 울타리에서 지저귀며 불렀고 비둘기들은 느릅나무에 앉아 구구거리며 불렀고, 어느새 대장간의 망치 소리와 교회의 종소리에도 그 노래가 스며들었다. 그리고 인간들은 그 노래를 들을 때마다 자신들의 미래 운명에 대한 예언을 듣는 것 같아 남몰래 떨었다.

10월 초순이 되었다. 곡식은 모두 베어 쌓아놓았고 그중 일부는 이미 탈곡까지 마쳤을 무렵이었다. 비둘기 한 무리가 몹시 흥분한 기세로 날아와 하늘을 빙글빙글 돌더니 동물 농장 안마당에 내려앉았다.

존스와 그의 일꾼들이 폭스우드와 핀치필드 농장의 일꾼들 여섯 명까지 이끌고, 다섯 개의 빗장이 달린 문을 이미 통과해서 농장으로 통하는 마찻길로 다가오고 있다는 것이었다. 총을 든 존스가 앞장서고 나머지는 모두 몽둥이를 들고 있다고 했다. 농장을 되찾으려고 쳐들어오고 있는 것이 분명했다.

동물들로서는 이미 오래전부터 예상하고 각오했던 일이었다. 농장 주택에서 발견한 줄리어스 시저의 오래된 전투 기록을 연구한 스노볼이 방어 작전의 총지휘를 맡았다. 그는 재빨리 명령을 내렸다. 그리고 겨우 몇 분만에 모든 동물은 각자 자기 위치에 자리를 잡았다.

인간들이 농장 건물에 가까이 들이닥치는 것을 보고 스노볼은 최초의 공격을 지시했다. 비둘기 서른다섯 마리가 인간들의 머리 위를 어지럽게 날아다니며 공중에서 똥 세례를 퍼부었다.

인간들이 각자의 몸에 흩뿌려진 비둘기 똥 때문에 진저리를 치며 몸을 털어내는 동안 울타리 뒤에 숨어 있던 거위들이 돌진하여 그들의 장딴지를 호되게 쪼아댔다. 하지만 이것은 인간들을 잠시 혼란스럽게 만들기 위해 가볍게 충돌해 보는 정도였기에 인간들은 몽둥이로 쉽게 거위들을 쫓아버릴 수 있었다.

스노볼은 다시 2차 공격을 감행했다. 뮤리엘과 벤자민, 그리고 양들을 이끌고 스노볼은 앞장서서 인간들을 향해 달려들어 사방에서 찌르고 들이받았다. 벤자민은 오른쪽으로 빙글 돌아 궁둥이를 보이며 그 작은 발굽으로 그들을 걷어찼다. 하지만 몽둥이를 들고 징 박은 장화를 신은 인간들은 너무나도 강했다. 갑자기 스노볼이 꽥하고 비명을 질렀다. 퇴각하라는 신호였다. 동물들은 일제히 뒤돌아서 안마당으로 도망치기 시작했다.

인간들은 멋도 모르고 승리의 함성을 질렀다. 예상했던 대로 동물들이 쉬이 도망가는 것을 보고 인간들은 너도나도 기가 살아서 어수선하게 동물들을 추격했다. 그러나 이것 역시 스노볼의 계략이었다. 인간들이 모두 안마당 깊숙이 들어온 것을 확인하자 외양간에 잠복하고 있던 말 세 마리와 암소 세 마리, 그리고 나머지 돼지들이 갑자기 인간들 뒤로 뛰어나와 퇴로를 차단했다.

스노볼은 돌격 신호를 보내고 존스를 향해 돌진했다. 존스는 총을 들어 발사했다. 총알은 스노볼의 등에 긴 핏빛 줄무늬 자국을 남기며 양 한 마리를 쓰러뜨렸다. 스노볼은 조금도 주저하지 않고 90킬로그램이나 되는 몸을 던져 존스의 다리를 들이받았다. 존스는 똥 더미 속으로 나가떨어졌고 총은 멀리 내동댕이쳐졌다.

그 중에서도 가장 무시무시한 것은 복서였다. 그는 종마처럼 뒷발로 곧추서서 편자를 박은 커다란 앞발로 사정없이 내리쳤다. 그의 첫 일격이 폭스우드 농장에서 온 마구간지기 소년의 머리에 명중하자 마구간지기 소년은 진흙 속에 처박힌 채 힘없이 쭉 뻗어버리고 말았다. 그 광경을 본 인간들은 순식간에 얼어붙었다.

공포가 그들을 사로잡았다. 그들은 당장 몽둥이를 내던지고 도망치기 시작했다. 그 뒤로는 동물들의 일방적인 공격이 이어졌다. 모든 동물들이 인간들을 뒤쫓아 다니며 안마당으로 몰아넣었다. 인간들은 뿔에 들이받히고 물리고 발에 차이고 밟혔다.

농장 안의 모든 동물들이 각자 나름의 방식으로 철저하게 인간에게 복수했다. 심지어 고양이조차 지붕 위에서 갑자기 소몰이꾼의 어깨 위로 뛰어내려 발톱으로 목을 할퀴는 공격을 감행했다. 소몰이꾼이 끔찍한 비명을 지른 것은 물론이었다.

포위망에 약간의 틈이 생기자마자 인간들은 재빨리 필사적으로 안마당을 빠져나가 큰길 쪽으로 도망쳤다. 이렇게 인간들은 농장에 침입한 지 겨우 5분 만에 오던 길을 되돌아서 꼴사납게 패주했다. 도망치는 인간들을 거위 떼가 쉿쉿 소리를 내면서 끈질기게 쫓아가며 장딴지를 쪼아댔다.

한 사람만 빼고 인간들은 모두 도망쳤다. 안마당으로 돌아온 복서는 진흙 속에 얼굴을 처박은 채 엎어져 있는 마구간지기 소년을 돌려 눕히려고 발굽으로 건드리고 있었다. 그러나 소년은 꼼짝도 하지 않았다.

"죽었나 봐. 그럴 생각은 전혀 없었는데⋯⋯ 내 발에 편자가 박혀 있다는 걸 깜박했어. 일부러 그런 게 아니라고 변명해 봤자 아무도 믿어주지 않겠지!"

슬픈 목소리로 복서가 말했다.

"감상은 금물입니다, 동지! 전쟁은 어디까지나 전쟁이고, 좋은 인간이 있다면 오직 죽은 인간뿐이오."

스노볼이 커다랗게 외쳤다. 그의 등에서는 아직도 피가 줄줄 흐르고 있었다.

"비록 인간이라도 나는 목숨을 뺏고 싶지는 않아요."

복서의 눈에 눈물이 가득 고였다.

"몰리는 어디 갔지?"

문득 누군가가 외쳤다.

어디에도 몰리의 모습은 보이지 않았다. 잠시 커다란 불안이 모두를 압도했다. 인간들이 어느새 어떤 방식으로든 그녀를 해친 건 아닐까? 아니면 도망치면서 끌고 갔나? 온갖 걱정을 하면서 그들은 농장을 찾아다니기 시작했다. 마침내 그들은 몰리가 마구간 여물통의 건초 속에 머리를 처박은 채 숨어 있는 것을 발견했다.

몰리는 총성이 나자마자 곧장 도망쳐서 숨어 있었던 것이었다. 몰리를 찾느라 한참을 돌아다니다가 돌아와 보니, 마구간지기 소년은 이미 달아나고 없었다. 죽은 게 아니라 잠깐 기절했던 것이었다.

미친 듯이 흥분한 상태로 동물들은 이제 다시 모였다. 각자 이번 전쟁에서 자기가 무슨 일을 어떻게 했는지 큰 소리로 자랑하며 떠들었다. 곧바로 승전을 축하하는 기념회가 열렸다. 깃발을 게양하고, 그들은《영국의 짐승들》을 몇 번이나 계속해서 불렀다.

이어서 전사한 양의 장례식이 엄숙히 거행되었으며, 그의 무덤에는 서양 산사나무 한 그루가 심겼다. 그 무덤 옆에서 스노볼은 짤막한 연설을 했다. 모든 동물은 필요하다면 동물 농장을 위해 목숨을 바칠 각오가 되어 있어야 한다는 점을 강조하는 내용이었다.

동물들은 전투에서 공을 세운 자를 위해서 '동물 영웅 훈장 제1급'을 제정할 것을 만장일치로 결정했다. 이 훈장은 그 자리에서 스노볼과 복서에게 수여되었다.

그 훈장은 마구 창고에서 찾아낸 몇 개의 정말 낡은 놋쇠로 만든 것으로 일요일과 경축일에 달기로 결정되었다. '동물 영웅 훈장 제2급'도 제정되었는데, 그것은 전사한 양에게 추서되었다.

이번 전투를 뭐라고 부를지에 대해서도 활발한 토론이 벌어졌다. 결국 이번 전투는 '외양간 전투'라고 부르는 것으로 결론이 났다. 왜냐하면 외양간에서 매복하고 있다가 존스 씨 일당을 공격했기 때문이다.

진흙탕 속에 처박혀 있던 존스 씨의 총이 발견되었다. 동물들은 농장 주택 안에 탄약통이 보관되어 있다는 것도 알아냈다. 그리하여 존스의 총은 깃대 밑에 대포처럼 설치해 두고 1년에 2번, '외양간 전투' 기념일인 10월 12일과 성 요한 축제일이자 혁명 기념일인 6월 24일에 발포하기로 결정했다.

5

겨울이 다가오고 있었다. 몰리는 점점 골칫거리가 되어갔다. 매일 아침 작업장에 늦게 나왔고, 그때마다 늦잠을 잤다는 둥 이런저런 변명을 했으며, 식욕이 왕성해서 먹을 것은 다 찾아 먹으면서도 하루 종일 원인을 알 수 없는 통증에 대해 불평을 해댔다. 게다가 온갖 핑계를 다 대면서 무슨 수를 써서라도 일터에서 일찌감치 빠져나가서는 고작 한다는 짓이 식수용 작은 웅덩이에 가서 물에 비친 자기 모습을 멍청하게 들여다보는 것이었다. 그러나 그보다 더 심각한 것은 최근에 돌기 시작한 그녀에 대한 소문이었다.

어느 날, 몰리가 기다란 꼬리를 살랑살랑 흔들며 입에는 건초 줄기를 물고 즐거운 표정으로 태평스럽게 안마당으로 걸어 들어오는 것을 보고 클로버가 그녀에게 다가갔다.

"몰리, 할 얘기가 있어. 아주 중요한 거야."

클로버는 몰리를 한쪽으로 데리고 갔다.

"오늘 아침에 네가 동물 농장 경계 울타리에서 폭스우드 쪽을 바라보고 서 있는 걸 봤어. 필킹턴 씨의 일꾼이 울타리 저쪽에 서 있더군. 그런데…… 멀리 있었지만 내 눈은 절대로 못 속여. 분명히 그 사람이 너에게 뭔가 말을 하고 있었지? 게다가 넌 그 사람이 네 콧등을 쓰다듬어도 가만히 있더라. 어떻게 된 거야, 몰리?"

"그 사람은 아무 말도 안 했어요! 나도 그런 적 없어요! 그건 사실이 아니에요!"

몰리는 펄쩍 뛰면서 다급하게 소리치더니 앞발로 땅바닥을 긁기 시작했다.

"몰리, 내 얼굴을 똑바로 봐. 그 사람이 절대로 네 콧등을 쓰다듬지 않았다고 네 명예를 걸고 나한테 맹세할 수 있어?"

"사실이 아니라니까요!"

몰리는 똑같은 말을 반복할 뿐, 클로버의 얼굴을 똑바로 보지는 못했다. 그리고 다음 순간 몰리는 들판으로 냅다 달아나 버리고 말았다.

문득 짚이는 것이 있어서 클로버는 다른 동물들에게는 아무 말도 하지 않고, 즉시 몰리의 방으로 들어가서 발로 짚을 헤집어보았다. 밀짚 밑에 작은 각사탕 더미와 여러 가지 빛깔의 리본 다발이 숨겨져 있었다.

그로부터 사흘 뒤, 몰리는 사라졌다. 한동안 오리무중이던 그녀의 행방은 몇 주가 지난 뒤에 비둘기들에 의해서 밝혀졌다. 비둘기들은 이렇게 보고했다.

그녀를 윌링던 반대쪽에서 발견했다. 그녀는 빨강과 검정으로 칠해진 세련된 이륜마차에 매여 있었는데, 마차는 어떤 술집 앞에 세워져 있었다. 체크무늬 바지에 각반을 두른, 아마 술집 주인일 것으로 짐작되는, 붉은 얼굴의 뚱뚱한 남자가 그녀의 콧등을 쓰다듬으며 설탕을 먹여주고 있었다. 그녀의 털은 깔끔하게 잘 다듬어져 있었고 앞머리에는 주홍색 리본을 달고 있었는데 굉장히 행복해 보였다.

그 말을 듣고 난 다음부터는 아무도 몰리라는 이름을 다시는 입에 올리지 않았다.

* * *

1월은 정말 혹독하게 추웠다. 땅바닥은 쇠처럼 딱딱하게 얼어붙어서 들판에서는 아무 일도 할 수 없게 되었다. 커다란 헛간에서는 계속 회의가 열렸다. 돼지들은 다가올 봄에 작업할 계획을 세우느라 무척 바빴다.

비록 그들의 결정이 과반수 찬성이라는 투표 결과로 승인되어야 하는 것이라고는 해도, 다른 동물들보다 훨씬 영리한 돼지들이 농장 정책의 모든 문제를 결정하는 것은 당연한 것으로 받아들여졌고, 이러한 처리 방식은 스노볼과 나폴레옹 사이에 분쟁만 없었다면 아무 문제없이 아주 잘 돌아갔을 것이다.

스노볼과 나폴레옹은 의견 차이가 있을 수 있는 문제라면 반드시 모든 문제점에 대해 대립했다. 한쪽이 보리를 더 많은 면적에 심자고 제안하면 다른 한쪽은 귀리를 더 많이 심어야 한다며 반대했다. 그리고 어느 한쪽이 이러이러한 밭은 양배추를 심기에 딱 좋다고 하면 다른 한쪽은 그 밭은 뿌리 달린 식물을 심는 용도 말고는 통 쓸모가 없는 밭이라고 주장했다.

둘 다 자신만의 추종자들을 따로 확보하고 있었다. 그래서 두 돼지뿐만 아니라, 그 추종자들 사이에서 격렬한 논쟁이 벌어지는 일도 여러 차례 있었다.

스노볼은 주로 회의할 때 뛰어난 말솜씨를 발휘해서 자기편으로 끌어들이는 방식으로 지지표를 모았고, 나폴레옹은 회의를 앞두고 틈틈이 동물들 사이를 돌아다니며 지지표를 그러모으는 수완이 탁월했다. 특히 그는 양들한테서 아주 압도적인 지지를 얻어냈다.

최근에 양들은 "네 다리는 좋고, 두 다리는 나쁘다"를 시도 때도 없이 계속 외쳐대는 버릇이 생겼는데, 양들은 그런 식으로 수시로 회의를 방해했다. 나중에 알고 보니, 그들이 걸핏하면 "네 다리는 좋고, 두 다리는 나쁘다"를 외치는 것은 언제나 스노볼이 연설하는 도중이었고 특히 중요한 말이나 결정적인 말을 하는 순간에 이르렀을 때였다.

스노볼은 농장 주택에서 발견한 《농장 경영자와 축산업자》라는 묵은 잡지 몇 권을 아주 세심하게 연구했다. 그래서 그의 머릿속은 여러 가지 개혁안과 개선안으로 가득 차 있었다. 그는 밭의 배수로, 목초 저장법, 인산,

석회 등에 대해 아주 잘 알고 있는 것처럼 설명했다. 그리고 짐수레로 운반하는 노력을 절약하기 위해 모든 동물이 매일 농장의 다른 장소에 있는 들판에 가서 직접 똥을 누는 복잡한 계획을 고안해 냈다.

나폴레옹은 자신만의 계획을 세우지는 못했다. 하지만 스노볼의 계획은 실패로 끝나게 될 것이라고 조용히 말했다. 그는 뭔가 때가 오기를 기다리는 것 같았다.

하지만 그들의 논쟁이 아무리 극심했다 해도 풍차 건설을 둘러싸고 벌어진 논쟁보다 더 치열하진 않았다.

농장 건물에서 멀지 않은 기다란 목초지 안에는 작은 언덕이 있었다. 그곳이 농장에서 가장 높은 곳이었다. 그 땅의 지형을 살펴본 다음에 스노볼은 풍차를 건설하기에 딱 좋다며, 풍차를 세우면 그 풍차로 발전기를 돌려 농장에 전기를 공급할 수 있다고 선언했다. 전기가 들어오면 축사에 불을 밝힐 수 있고, 겨울에 따뜻하게 지낼 수 있으며, 둥근 기계톱, 여물 절단기, 사탕무 써는 기계, 전기 착유기 등을 움직일 수 있다는 것이었다.

동물들은 이제까지 그런 말은 들어본 적도 없었다. 이 농장은 구식 농장이라서 아주 원시적인 기계들만 있었기 때문이다. 동물들은, 자신들이 들판에서 한가롭게 풀을 먹고 있는 동안, 또는 독서나 대화를 하면서 지성을 닦고 있는 동안, 자기들 대신 일해 주는 근사한 기계들에 대해 스노볼이 자세히 설명해 주는 것을 그저 놀라운 표정으로 듣고만 있었다.

그로부터 몇 주도 지나지 않아서 스노볼은 풍차 건설 계획을 완성했다고 발표했다. 기계에 대한 세부적인 내용은 거의 다 존스 씨가 갖고 있던 3권의 책, 《주택에 대해 할 수 있는 천 가지 유용한 일》, 《벽돌 쌓는 법》, 《전기학 입문》에서 나왔다.

스노볼은 전에 인공 부화장으로 사용하던 창고를 연구실로 삼았다. 그곳은 매끄러운 나무 바닥으로 되어 있어서 설계도를 그리기에 딱 좋았다. 그는 한 번 들어가면 몇 시간이고 그곳에 틀어박혀 지냈다. 책을 펼쳐 돌로 눌러놓고 앞발 발가락 사이에 분필을 끼워 꽉 붙잡은 채 이리저리 왔다 갔다 하며, 흥분해서 작은 소리로 코를 킁킁대면서 한 줄 두 줄 선을 그어갔다.

도면은 천천히 무수한 크랭크와 톱니바퀴로 복잡하게 얽히면서, 마룻바닥의 절반 이상을 덮었다. 다른 동물들은 뭐가 뭔지 전혀 알 수 없었으면서도 그 복잡한 도면 자체에서 굉장히 깊은 인상을 받았다. 동물들 모두 적어도 하루에 한 번씩은 스노볼의 설계도를 구경하러 왔다. 암탉과 오리들까지도 찾아와 분필로 그려진 도면을 밟지 않으려고 조심조심 걸으면서 설계도를 구경했다.

오직 나폴레옹만이 무관심했다. 그는 처음부터 풍차 건설에 반대한다고 선언했다. 그런데 어느 날 느닷없이 나폴레옹이 설계도를 보러 왔다. 그는 방안을 묵직한 걸음으로 돌아다니며 설계도의 세밀한 부분까지 아주 면밀하게 살펴보고, 한두 번은 설계도에 코를 대고 킁킁거리며 냄새를 맡았다. 그리고 잠시 곁눈질로 도면을 노려보더니 갑자기 한쪽 다리를 쳐들고 설계도 위에 오줌을 갈긴 다음 한마디 말도 없이 나가버렸다.

풍차 건설 문제를 둘러싸고 농장 전체가 심각하게 분열되었다. 스노볼은 풍차 건설이 어려운 사업이라는 것을 부정하지 않았다. 돌을 옮겨야 하고, 벽을 쌓아 올려야 하며, 풍차의 날개를 만들어야 하고, 또 그런 다음에는 발전기와 전선이 있어야만 했다. 그런 것들을 어떻게 구할지에 대해서는 스노볼도 아무 말이 없었다.

그러나 스노볼은 1년 내에 풍차 건설은 모두 완성될 것이고, 풍차가 완성되면 노동력이 대폭 절약되니까 1주일에 사흘만 일하면 된다고 주장했다. 한편 나폴레옹은 지금 당장 가장 필요한 것은 식량 생산을 증가시키는 것이며, 만약 풍차를 건설하는 일에 시간을 허비하게 되면 모두 굶어 죽게 될 것이라고 주장했다.

동물들은 각각 '스노볼에게 투표하면 주 3일제', '나폴레옹에게 투표하면 풍족한 여물통'이라는 구호 아래 두 개의 당파를 결성했다. 어느 당파에도 가담하지 않은 것은 오직 벤자민뿐이었다. 그는 식량이 더 풍족해진다는 말도, 풍차가 노동 시간을 덜어준다는 말도 믿지 않았다. 풍차가 있건 없건 생활은 언제나처럼 매한가지로 이어지기 마련이라고 그는 말했다. 더 정확히 말하면 '생활은 아주 형편없는 상태로 계속될 것'이라는 것이 그의 지론이었다.

* * *

풍차 건설을 둘러싼 논쟁 말고도 중요한 문제가 하나 더 있었다. 바로 농장을 방위하는 문제였다. 비록 인간들이 '외양간 전투'에서는 패배했지만 그대로 물러날 리 없었다. 농장을 되찾고 존스 씨를 다시 농장으로 돌려보내기 위해 인간들이 좀 더 단호한 공격을 하리라는 것을 동물들은 모두 충분히 알고 있었다.

인간이 패배했다는 소식이 그 지방 곳곳으로 퍼져서, 농장의 동물들이 그 어느 때보다도 다루기 힘들어졌기 때문에, 인간들이 다시 동물 농장을 공격해야 할 이유는 차고도 넘쳤다.

언제나처럼 스노볼과 나폴레옹은 역시 의견이 맞지 않았다. 나폴레옹은, 동물들이 총 같은 소형 무기들을 어렵게라도 구해서 총기를 다룰 수 있도록 훈련해야 한다고 주장했다. 스노볼은 다른 농장에 파견할 비둘기의 수를 늘려 그곳 동물들을 선동해 반란을 일으키게 해야 한다고 주장했다. 나폴레옹은 만약 스스로 방어할 수 없다면 반드시 정복당하고 말 것이라고 주장했고, 스노볼은 곳곳에서 반란이 일어나게 되면 방어할 필요도 없어질 것이라고 주장했다.

동물들은 처음에는 나폴레옹의 말에 귀를 기울였다. 그리고 다음에는 스노볼의 말에 귀를 기울였다. 하지만 어느 쪽이 옳은지 판단하는 것은 불가능했다. 사실 그들도 자신들이 언제나, 당장 눈앞에서 얘기하고 있는 쪽의 의견에 동의하게 된다는 것을 알고 있었다.

* * *

드디어 스노볼의 설계도가 완성되는 날이 왔다. 풍차를 건설하는 일을 시작할 것이냐 아니냐의 문제는 다음 일요일 총회에서 표결에 붙여질 예정이었다.

동물들이 커다란 헛간에 모이자 스노볼은 일어나서, 매에매에거리며 방해하는 양들의 울음소리에도 불구하고 꿋꿋이 풍차 건설을 주장하는 이유를 설명했다.

이를 반박하기 위해 나폴레옹이 일어서더니 풍차 건설은 말도 안 되는 일이니 누구도 찬성투표를 하지 않기 바란다고 한마디 하고는 곧 앉아버렸다. 그의 연설은 30초도 걸리지 않았으며 자신의 발언이 불러일으킨 효력 따위에는 신경도 쓰지 않는 것처럼 보였다.

나폴레옹이 앉자 스노볼은 다시 일어나, 양들에게 조용히 하라고 일갈하고는 풍차 건설을 지지해 달라고 열정적으로 호소했다. 이때까지만 해도 동물들은 거의 반반이었다.

그러나 한 순간 스노볼의 열변은 그들을 완전히 매료시켰다. 그는 열정적으로, 동물들이 지긋지긋한 노동에서 벗어나는 동물 농장의 아름다운 미래의 모습을 묘사했다. 그의 상상력은 이제 여물 써는 작두나 순무 써는 기계를 훨씬 뛰어넘고 있었다.

전기는 탈곡기, 쟁기, 써레, 땅 고르는 기계, 곡식을 베고 다발을 묶는 기계를 움직이고, 모든 축사에 전용 전등을 설치할 것이며, 냉수와 온수 그리고 난방을 제공해 줄 것이라고 그는 강조했다. 그가 연설을 마쳤을 때는 표가 어느 쪽으로 갈지 알고도 남을 정도였다.

그러나 바로 그때 나폴레옹이 벌떡 일어나더니 특유의 곁눈질로 스노볼을 힐끗 보고는, 여태까지 들어본 적이 없는 높고 날카로운 콧소리를 냈다.

다음 순간, 밖에서 무섭게 짖어대는 소리가 들리더니 놋쇠 단추가 달린 개 목걸이를 한 거대한 아홉 마리의 개가 헛간으로 뛰어들어 곧장 스노볼에게 달려들었다. 스노볼은 개들을 아슬아슬하게 피해 간신히 밖으로 뛰어나갔고 개들은 일제히 그 뒤를 쫓았다. 너무나도 무서운 광경에 동물들은 모두 우르르 문밖으로 몰려나와 입이 딱 벌어진 채 개들의 추격을 지켜보았다.

스노볼은 큰길로 통하는 기다란 꼴밭을 가로질러 마구 뛰어갔다. 돼지가 달릴 수 있는 최대한의 뜀박질이었지만, 개들은 그 뒤를 바싹 쫓고 있었다. 갑자기 그가 미끄러졌다. 이제는 꼼짝없이 잡히는가 싶었는데 그는 어느새 다시 일어나 필사적으로 달리기 시작했다.

개들이 맹렬하게 추격해서 그 중 한 마리가 스노볼의 꼬리를 물려는 순간 스노볼은 꼬리를 재빨리 흔들어 간신히 위기를 벗어났다. 마침내 그는 간발의 차이로 개들을 따돌리고 울타리 구멍을 빠져나가 그대로 어디론가 사라지고 말았다.

잔뜩 겁에 질린 채 동물들은 헛간으로 조용히 슬금슬금 돌아왔다. 개들도 금방 돌아왔다. 처음엔 누구도 이 개들이 어디서 왔는지 상상조차 못 했다. 하지만 수수께끼는 곧 풀렸다. 전에 나폴레옹이 어미한테서 빼앗아 남몰래 키운 바로 그 강아지들이었다. 아직 완전히 다 자란 성견이 아니었는데도 거대한 몸집에 늑대처럼 사나운 생김새는 무시무시했다. 그들은 나폴레옹에게 바싹 붙어 있었다. 동물들은 전에 다른 개들이 존스 씨에게 그랬던 것과 같은 방식으로 그 개들이 나폴레옹에게 꼬리를 흔들고 있다는 것을 깨달았다.

나폴레옹은 개들을 이끌고 메이저 영감이 서서 연설했던 높은 연단으로 올라갔다. 나폴레옹은 이제부터 일요일 아침 총회를 폐지한다고 선언했다. 그런 총회는 쓸데없이 시간만 낭비하는 것이므로, 앞으로는 농장 운영에 관한 모든 문제는 자신이 직접 관리하는 돼지 특별위원회에서 결정할 것이고, 이 위원회는 비공개로 열릴 것이며, 회의에서 결정된 사항은 나중에 다른 동물들에게 전달할 것이라고 했다. 그리고 동물들은 여전히 일요일 아침에 모여서 깃발에 경례하고 《영국의 짐승들》을 합창한 다음 그 주에 할 작업 명령을 받을 것이라고 말했다.

스노볼이 추방된 직후였다. 커다란 충격이 채 가시기도 전에 동물들은 나폴레옹의 선언을 듣고 또 다른 충격을 받았다. 동물들은 경악했다. 마땅한 의견을 제시할 수만 있었다면 아마 여러 동물이 항의했을 것이다.

심지어 복서조차도 막연하게 불안을 느꼈다. 그는 귀를 뒤로 젖히고 몇 번이고 갈기를 흔들면서 생각을 정리해 보려고 열심히 노력했지만 결국 뭐라고 말해야 할지 아무것도 생각해 내지 못했다.

하지만 몇몇 돼지들은 자기 생각을 똑똑히 말할 수 있었다. 앞줄에 있던 젊은 돼지 네 마리가 날카롭게 꽥꽥거리며 일제히 벌떡 일어서더니 반대 의견을 말하기 시작했다. 하지만 나폴레옹을 둘러싸고 앉아 있던 개들이 갑자기 굵고 위협적인 목소리로 으르렁거리자 돼지들은 바로 입을 다물고 앉아버렸다.

갑자기 양들이 엄청나게 큰소리로 일제히 "네 다리는 좋고, 두 다리는 나쁘다!"는 구호를 외치기 시작했다. 떼거지 합창은 거의 15분 동안이나 계속되었고, 그 바람에 토론의 기회는 완전히 사라져 버리고 말았다.

나중에 스퀼러가 파견되었다. 농장 동물들에게 이번의 새로운 처리 방식에 대해 설명하기 위해서였다.

스퀼러는 동물들을 모아 놓고 열변을 토했다.

"동지 여러분! 나폴레옹 동지가 이 어려운 중책을 맡느라 얼마나 큰 희생을 치렀는지 여러분 모두 잘 알고 있으리라고 믿습니다. 동지 여러분, 지도자가 되는 것이 즐거운 일이라고 착각하지 마세요! 지도자가 된다는 것은 오히려 아주 무거운 책임을 져야 하는 힘든 일입니다. 모든 동물이 평등하다는 것을 나폴레옹 동지보다 더 확고하게 믿는 사람은 아무도 없습니다.

물론 여러분이 직접 모든 결정을 할 수만 있다면 그분은 더없이 행복할 겁니다. 하지만 여러분은 가끔 잘못된 결정을 합니다.

동지 여러분! 만약 그렇게 되면 우린 어찌 되겠소? 여러분이 풍차 운운하며 허튼소리를 늘어놓고 있는 스노볼을 따르기로 했다면 대체 우린 어찌 되겠소? 스노볼은 범죄자와 다름없다는 것을 이제 우리 모두 알지 않습니까?"

"그는 '외양간 전투'에서 용감하게 싸웠어요."

누군가가 말했다.

"용감한 것만으로는 충분하지 않아요. 충성과 복종이 더 중요합니다. 그리고 외양간 전투의 경우만 해도, 스노볼의 공로가 지나치게 과장되었다는 것을 우리 모두 언젠가는 알게 될 때가 올 겁니다.

동지 여러분, 철통같은 규율! 이것이 오늘날 우리의 표어입니다. 한 걸음만 잘못 걸어도 적들이 우리를 공격할 것입니다. 설마 존스가 다시 돌아오기를 바라는 건 아니겠지요?"

역시 이런 주장에는 아무도 반박할 수 없었다. 분명히 동물들은 존스의 복귀를 절대로 바라지 않았다. 만약 일요일 아침에 토론을 계속하는 것이 존스를 돌아오게 하는 일이라면 토론은 그만두는 것이 마땅했다. 오랫동안 이 문제를 골똘히 생각했던 복서가 동물 전체의 의사를 대변했다.

"나폴레옹 동지가 그렇게 말했다면 옳습니다."

그리고 그때부터 그는 "내가 조금 더 일하면 된다"라는 개인적인 좌우명에 '나폴레옹은 언제나 옳다'라는 격언을 추가했다.

* * *

날씨가 갑자기 풀리면서 봄철 밭갈이가 시작되었다. 스노볼이 풍차 설계도를 그려 두었던 창고가 폐쇄되었기 때문에 동물들은 모두 마룻바닥에 그려져 있던 설계도 역시 당연히 지워졌을 것으로 생각하고 있었다.

일요일 아침 10시가 되자 동물들은 언제나처럼 다음 주의 작업 명령을 받기 위해 커다란 헛간에 모였다. 이제 살점이라곤 남아 있지 않은 메이저 영감의 해골이 무덤에서 파내어져, 총 옆 깃대 밑에 쌓아놓은 나무 그루터기 위에 안치되었다.

깃발 게양이 끝나면 동물들은 헛간으로 들어가기 전에 해골 앞을 존경하는 마음으로 엄숙하게 줄지어 지나가야 했다. 이제 그들은 전처럼 모두 함께 모여 앉을 수도 없게 되었다. 나폴레옹은 스퀼러, 미니머스와 함께 높은 연단에 앉았다.

미니머스는 작곡과 시에 재능이 있는 돼지였다. 그러면 아홉 마리의 젊은 개들이 그들을 반원형으로 둘러싸듯 앉고 다른 돼지들이 또 그 뒤에 앉았다. 나머지 동물들은 헛간의 가운데 부분에 그들을 마주 보고 앉았다.

나폴레옹이 군인처럼 거친 말투로 그 주의 지시 사항을 크게 읽고 나면, 동물들은 《영국의 짐승들》을 딱 한 번만 부르고 해산했다.

스노볼이 추방되고 나서 세 번째로 맞은 일요일 아침이었다. 결국 풍차를 건설하기로 했다는 나폴레옹의 선언을 듣고 동물들은 깜짝 놀랐다. 그는 마음을 바꾼 이유에 대해서는 한마디도 하지 않고, 다만 이 특별한 작업은 굉장히 힘든 노동이 될 것이며, 식량의 배급도 어쩌면 줄이게 될 수 있다고 경고했다. 그러나 계획은 이미 아주 세밀한 부분에 이르기까지 모두 준비되어 있었다. 지난 3주 동안 돼지 특별 위원회가 이 계획을 짜고 있었던 것이다. 풍차 건설은 여러 가지 개량 사업과 함께 2년은 걸릴 것이라는 전망이었다.

그날 저녁, 스퀼러는 다른 동물들에게 일이 어쩌다가 이렇게 된 건지 은밀히 털어놓았다. 사실은 나폴레옹이 풍차 건설에 대해 반대한 것이 아니다. 오히려 처음에 풍차 건설을 주장한 것은 나폴레옹이었고 설계도를 고안한 것도 바로 나폴레옹이었다. 스노볼이 인공 부화장 바닥에 그려놓은 설계도는 바로 나폴레옹의 서류 속에서 그가 훔쳐낸 것이었다.

"그럼 그때 왜 그렇게 완강하게 풍차 건설을 반대했어요?"

누군가가 물었다.

이때 스퀼러는 매우 교활한 표정을 지었다.

"그것이 바로 나폴레옹 동지의 훌륭한 솜씨인 거죠. 나폴레옹 동지가 풍차 건설을 반대하는 것처럼 꾸며 보인 것은, 스노볼을 추방하기 위한 단순한 책략이었습니다. 그는 위험한 인물인 데다가 여러분에게 계속 나쁜 영향을 끼치고 있었으니까요. 하지만 이젠 스노볼을 추방했으니 그의 방해 없이 계획을 추진할 수 있게 된 것이죠. 동지 여러분, 이것이 바로 전술이라는 겁니다."

그는 주위를 깡총깡총 뛰어다니며 아주 재미있다는 듯이 꼬리를 흔들어댔다.

"전술이라는 거예요! 동지 여러분. 이런 게 바로 전술이라는 겁니다!"

그는 같은 말을 계속 외쳤다.

동물들은 전술이란 말이 확실히 무슨 뜻인지 알지 못했다. 하지만 스퀼러의 말은 너무나 설득력이 있었고, 게다가 그를 따라온 개 세 마리는 끊임없이 위협적으로 으르렁거리고 있었다. 동물들은 모두 더 이상 질문하지 않고 스퀼러의 설명을 받아들였다.

6

그 해 1년 내내 동물들은 모두 노예처럼 일했다. 하지만 그들은 일을 하는 동안에도 행복했다. 빈둥빈둥 놀며 자신들의 노력을 훔치는 인간들을 위해 일하는 것이 아니라 자신들과 자기 후손들을 위해 일하는 것이었기 때문이다. 그들은 어떤 노고와 희생도 꺼리지 않았다.

봄, 여름 내내 그들은 1주에 60시간씩 일했다. 그런데 8월이 되자 나폴레옹은 앞으로는 일요일 오후에도 작업을 한다고 발표했다. 전혀 강제성이 없는 자발적인 것이었지만, 작업에 빠진 동물에겐 식량 배급을 절반으로 줄여버렸다. 이처럼 고된 작업을 계속했는데도 몇 가지 사업은 도중에 중단되었고, 수확은 지난해보다 좀 감소했으며, 초여름에 근채류 채소를 파종해야 했던 밭 두 곳은 밭갈이가 늦어지는 바람에 씨를 뿌리지 못했다. 아무래도 그해 겨울은 어렵게 보내게 될 것 같았다.

풍차 건설 공사는 예상치 못한 난관에 부닥쳤다. 농장에는 훌륭한 석회암 채석장이 있었고, 농장에 딸린 부속건물 여러 채에서 아주 많은 모래와 시멘트가 발견되었기 때문에 건축 자재는 모두 갖추어진 셈이었다.

그러나 동물들이 첫 번째로 풀어야 할 문제는 돌을 어떤 식으로 깨뜨려 알맞은 크기로 다듬느냐는 것이었다. 곡괭이와 지렛대가 있었지만 뒷다리로 서지 못하는 동물들은 어차피 사용할 수 없었다. 몇 주 동안 헛된 노력을 되풀이한 끝에 누군가가 기막힌 생각을 해냈다. 이름을 붙이자면, 지구의 중력을 이용하는 방법이었다.

채석장 안에는 거대한 둥근 돌들이 사방에 널려 있었지만 너무 커서 그대로는 쓸 수 없었다. 소, 말, 양 등 어떤 식으로든 밧줄을 잡을 수 있는 동물들은 그 돌들을 각각 밧줄로 묶어 절망적일 정도로 느리게, 아주 조금씩 비탈길로 채석장 꼭대기까지 끌어 올렸다. 가끔 아주 급박한 상황일 때는 돼지들도 힘을 보탰다. 그렇게 마침내 꼭대기에 도착하면 벼랑 아래로 돌을 굴렸다. 그러면 거대한 돌은 여러 조각으로 부서졌고, 일단 깨진 돌 조각을 운반하는 것은 비교적 수월했다.

말들은 깨진 돌을 짐마차에 실어 날랐고, 양들은 한 조각씩 날랐다. 뮤리엘과 벤자민조차도 낡은 이륜마차를 끌며 자기 몫을 했다. 늦여름이 되자 충분한 양의 돌이 쌓였고, 마침내 돼지들의 감독 아래 풍차 건설이 시작되었다.

하지만 그것은 더디고 힘든 작업이었다. 돌덩이 한 개를 채석장 꼭대기까지 끌어올리느라 꼬박 하루가 걸릴 만큼 힘겨운 때도 흔했고, 어떤 때는 벼랑 위에서 떨어뜨렸는데도 돌이 제대로 깨지지 않는 경우도 있었다. 만약 복서가 없었더라면 그들은 아무 일도 해낼 수 없었을 것이다. 왜냐하면 그의 힘은 다른 동물 전부의 힘을 합친 것과 거의 맞먹는 것이었기 때문이다.

돌이 미끄러져서 모두의 몸뚱이가 언덕 밑으로 질질 끌려 내려갈 때마다, 동물들의 아우성을 듣고 달려가 밧줄을 끌어당겨 돌을 멈추게 하는 것은 언제나 복서였다. 복서가 훅훅 숨을 몰아쉬며 발굽 끝으로 지면을 꽉 움켜잡으면서 우람한 옆구리를 땀으로 흠뻑 적신 채 한 발짝씩 언덕을 오르는 모습을 보면 동물들의 마음은 감탄과 존경으로 가득 찼다.

가끔 클로버가 몸을 너무 혹사하지 말라고 충고했지만 복서는 절대로 들으려 하지 않았다.

'내가 조금만 더 일하면 돼'와 '나폴레옹은 언제나 옳다'라는 두 개의 좌우명이 그에게는 모든 문제에 대한 충분한 해결책이었다. 그는 수평아리에게 30분이 아니라 45분씩 더 일찍 깨워달라고 부탁했다. 그리고 잠시라도 짬이 나면, 요즘에는 그럴 짬도 거의 없지만, 그는 홀로 채석장으로 가서 깨진 돌을 한 짐씩 모아 누구의 도움도 받지 않고 풍차 건설장까지 끌고 갔다.

여름 내내 엄청나게 힘든 작업이 이어졌다. 생활은 나쁘지 않았다. 존스 시절보다 더 많이 먹지는 못했지만 적어도 그보다 더 적게 먹지는 않았다. 자신들이 먹을 것만 있으면 된다고 생각하는 동물들에게 불필요한 인간들을 다섯 명씩이나 먹여 살릴 필요가 없어졌다는 것은 굉장히 큰 장점으로 작용했다. 만약 그보다 더 가치 있는 것을 찾으려고 했다면 그들은 실패했을 것이다. 여러 가지 면에서 동물들의 작업 방식은 인간보다 훨씬 능률적이었다.

예를 들어 잡초를 뽑는 일은 인간으로서는 도저히 불가능할 정도로 철저하게 할 수 있었다. 동물들은 도둑질하지 않으니 꼴밭과 밭 사이에 울타리를 만들 필요도 없어졌으며, 그래서 울타리나 문짝을 손질하는 데 드는 막대한 노력도 필요 없게 되었다.

그런데도 여름의 끝 무렵에는 여러 가지 예상하지 못했던 물자 부족이 나타나기 시작했다. 파라핀유, 못, 줄, 개 비스킷, 말편자용 쇠 같은 것들이 필요했다. 모두 농장에서는 만들 수 없는 것들이었다. 나중에는 이런 도구들 말고도 씨앗과 인공 비료도 필요하게 될 것이고, 풍차에 쓸 기계도 필요했다. 이런 것들을 다 어떻게 구할 것인지 동물들은 상상도 할 수 없었다.

어느 일요일 아침, 동물들이 명령을 받기 위해 모였을 때 나폴레옹은 새로운 정책을 발표했다.

앞으로 동물 농장은 이웃 농장과 거래를 할 것이다. 물론 그것은 상업적인 목적이 아니고, 단지 급하게 필요한 물건들을 구하기 위해서다. 풍차 건설을 위한 필수품은 다른 물품보다도 우선되어야 한다.

따라서 지금 건초 더미와 올해 수확된 밀의 일부를 팔려고 교섭 중이다. 앞으로 더 많은 자금이 필요하게 되면 달걀을 팔아서 부족한 자금을 보충해야 한다.

왜냐하면 윌링던에는 항상 달걀 거래가 이루어지는 시장이 있기 때문이다. 암탉들은 풍차 건설을 위한 자신들만의 특별한 공헌을 하는 것에 자부심을 갖고 기꺼이 희생해야 한다.

동물들은 또다시 막연한 불안감을 느꼈다. 인간들과는 절대로 거래하지 말 것, 절대로 장사하지 말 것, 절대로 돈을 사용하지 말 것, 이 세 가지는 존스가 추방된 직후에 열린 제1차 전승 총회에서 통과된 가장 최초의 결의 사항이 아니던가? 그 결의안을 통과시켰던 것을 동물들은 모두 기억하고 있었다. 아니면 적어도 그런 사실을 기억하고 있다고 생각했다.

나폴레옹이 총회를 폐지 시켰을 때 항의했던 네 마리의 젊은 돼지들이 항의하려고 조심스럽게 목소리를 높였지만 개들이 으르렁거리는 바람에 즉시 입을 다물어 버렸다. 그러자 언제나처럼 양들이 또 "네 다리는 좋고,

두 다리는 나쁘다!"를 일제히 외치기 시작했다. 덕분에 잠시 어색했던 분위기는 부드럽게 사라졌다.

마지막으로 나폴레옹은 앞발을 들어 동물들을 조용하게 한 다음 발표를 계속했다.

필요한 조치는 이미 다 해 놓았다. 인간들과 접촉하는 것은 결코 바람직한 것이 못 되므로 다른 어떤 동물도 인간들과 접촉할 필요가 없도록 모든 짐은 다 내가 혼자 어깨에 짊어질 작정이다. 윌링던에 사는 윔퍼 씨라는 변호사가 동물 농장과 외부 세계의 중개인 역할을 하기로 했다. 이제 그는 매주 월요일 아침 나폴레옹의 지시를 받기 위해 농장을 방문할 것이다.

나폴레옹은 언제나처럼 '동물 농장 만세!'를 외치는 것으로 연설을 끝냈다. 동물들은 《영국의 짐승들》을 합창한 다음 해산했다.

그 뒤에는 스퀄러가 농장을 돌아다니며 동물들을 안심시켰다. 그는 동물들에게, 인간들과 거래하는 것을 반대하거나 돈을 사용하는 것을 반대하는 결의안은 절대로 통과된 적이 없으며 그러한 결의안은 제출된 일조차 없었다고 장담했다. 그것은 순전히 공상에서 나온 것이고, 아마도 스노볼이 퍼뜨린 거짓말에서 시작되었을 거라고 말했다. 그래도 몇몇 동물들이 여전히 의심스러워 하자 스퀼러는 그들에게 날카롭게 물었다.

"동지 여러분, 그것이 절대로 꿈꾼 게 아니라고 확신할 수 있소? 분명히 그런 결의를 했다는 기록이라도 있습니까? 어디에 그런 말을 적어 놓았습니까?"

그런 기록이 없는 것이 사실이었기 때문에 동물들은 점점 자기들이 착각한 걸지도 모른다고 생각하기 시작했다.

* * *

정해진 대로 윔퍼 씨는 월요일마다 동물 농장을 방문했다. 윔퍼 씨는 교활해 보이는 얼굴에 구레나룻을 기르고 있었으며 체구가 작았다. 소규모로 영업하는 별 볼 일 없는 변호사였지만 동물 농장에 중개인이 필요하다는 것과 거기서 수수료를 벌어볼 만한 가치가 있다는 것을 남들보다 먼저 알아차릴 만큼은 충분히 영악한 사람이었다.

동물들은 그가 들고 나는 것을 일종의 공포심을 갖고 지켜보았으며 그를 피했다. 그러면서도 네 다리를 가진 나폴레옹이 두 다리로 서 있는 윔퍼에게 지시하는 광경은 동물들의 자부심을 일깨우는 일이었고 그것으로 동물들은 새로운 조치를 어느 정도 받아들였다. 이제 그들과 인간과의 관계는 예전과는 달라진 것이었다.

동물 농장이 번창하고 있다고 해서 동물 농장에 대한 인간들의 증오심이 더 엷어진 것은 아니었다. 오히려 인간들의 증오심은 그 어느 때보다도 훨씬 더 심해졌다. 인간들은 모두 동물 농장이 머지않아 파산할 것이고, 무엇보다도 풍차 건설은 반드시 실패작이 될 것이라고 확신했다. 그들은 선술집에 삼삼오오 모여 앉아 풍차가 왜 반드시 무너지게 돼 있는지, 설사 만에 하나 건설된다 해도 왜 절대로 작동될 수 없는지 도형을 그려가며 서로 증명해 보이곤 했다.

그러나 그런 의지와는 달리 인간들은 동물들이 문제를 처리하는 효율적인 능력에 대해 어느 정도는 존중하게 되었다. 한 가지 증거를 들자면, 인간들이 이제는 동물 농장을 더 이상 매너 농장이라고 주장하지 않고 제대로 동물 농장이라고 부르기 시작했다는 점을 들 수 있다. 그들은 또한 더 이상 존스를 옹호하지도 않았다. 그래서 존스는 농장을 되찾겠다는 꿈을 포기하고 다른 지역으로 멀리 떠나버렸다.

윔퍼를 통하는 것 말고는 이제까지 동물 농장과 외부 세계 사이에는 아무런 접촉이 없었다. 하지만 나폴레옹이 폭스우드의 필킹턴 씨나 핀치필드의 프레데릭 씨와 명확한 거래 계약을 곧 맺게 될 것이라는 소문이 계속 퍼지고 있었다. 그러나 절대로 두 사람과 동시에 계약을 맺는 일은 없을 것이라고 알려졌다.

돼지들이 갑자기 농장 주택으로 옮겨가서 살기 시작한 것은 바로 그 무렵의 일이었다. 또다시 동물들은 깊은 혼란에 빠졌다. 인간의 집에 사는 것을 금지하는 결의안이 오래전에 통과되었던 것을 어슴푸레 기억하고 있었던 것이다. 아니 어쩌면 그렇게 기억하고 있다고 느꼈다. 하지만 이번에도 역시 스퀼러가 그런 일은 없었다며 동물들을 설득했다.

농장의 두뇌인 돼지들에게는 조용한 장소에서 일을 하는 것이 반드시 필요하고, 또 돼지우리에 사는 것보다 주택에 사는 것이 지도자의 (최근 그는 나폴레옹을 지도자라는 칭호로 부르는 버릇이 붙어 있었다) 품위를 위해서도 훨씬 잘 어울리는 것이라고 스퀼러는 말했다.

하지만 돼지들이 식당에서 음식을 먹고 응접실을 오락실로 사용하며 침대에서 잔다는 말을 듣고 동물들은 마음의 동요를 느꼈다. 복서는 여느 때처럼 "나폴레옹은 언제나 옳다!"라는 말로 넘겨버렸지만, 클로버는 분명히 침대 사용을 금지한 명백한 규정이 있었다는 생각이 들었다. 클로버는 헛간 끝으로 가서 '7계명'을 읽어보려고 노력했다. 하지만 글자를 하나하나 더듬는 것이 고작이어서 그녀는 뮤리엘을 데려왔다.

"자, 뮤리엘, 네 번째 계명을 읽어봐. 절대로 침대에서 자면 안 된다고 적혀 있지 않아?"

뮤리엘은 고생고생하면서 천천히 한 글자씩 읽었다.

"동물은 절대로 시트가 있는 침대에서 자면 안 된다."

마침내 뮤리엘은 큰소리로 또박또박 읽어주었다.

아무리 생각해도 시트에 관한 언급은 전혀 기억나지 않았지만 지금 벽에 분명히 그렇게 쓰여 있다고 하니 아마 틀림없는 일이라고 생각되었다.

마침 그때 두세 마리의 개를 데리고 지나가던 스퀼러가 문제의 전모를 해명하게 되었다.

"동지 여러분, 우리 돼지들이 요즘 농장 주택의 침대에서 잔다는 말을 듣고 그럽니까? 그러면 왜 안 됩니까? 설마 침대를 금지하는 규정이 있다고 생각하는 건 아니겠지요? 침대는 단지 잠자는 곳을 뜻하는 거예요. 외양간에 짚을 쌓아놓은 것도 엄밀히 따지면 침대예요.

그 규칙은 시트 사용을 금지하는 겁니다. 시트는 인간이 발명한 거니까요. 우리는 침대에서 시트를 벗겨버리고 담요를 덮고 잡니다. 그것은 정말 편안한 잠자리입니다! 그렇다고 우리가 오늘날 수행해야 하는 지적 노동을 감당하기 위해서 우리에게 필요한 것 이상으로 더 안락하다고는 할 수 없어요.

동지들, 설마 우리에게서 휴식을 빼앗으려는 것은 아니겠지요? 우리가 기진맥진해서 임무를 수행하지 못하게 되기를 바라지는 않겠지요? 확실히 아무도 존스가 돌아오기를 바라지는 않겠지요?"

이 점에 대해서 동물들은 곧바로 그를 안심시켰다. 그래서 돼지들이 농장 주택의 침대에서 자는 것에 대해 더 이상 아무 말도 하지 않았다. 그리고 또 며칠 후, 앞으로 돼지들은 다른 동물들보다 한 시간 늦게 일어나기로 했다고 발표했을 때도 누구 하나 불평하지 않았다.

가을까지 동물들은 힘들었지만 그래도 행복했다. 정말로 힘든 한 해를 보냈고, 건초와 곡식 일부를 처분하고 남은 식량이 겨울을 지내기에 결코 풍족하지 못하다는 것을 알고 있었지만, 동물들은 그래도 행복했다. 풍차가 모든 것을 다 보상해 주었다. 풍차는 이제 거의 절반이나 건설되어 있었던 것이다.

* * *

수확을 끝낸 뒤에 맑고 건조한 날씨가 한동안 계속되었다. 동물들은 그 어느 때보다 더 열심히 일했다. 풍차의 벽을 한 뼘이라도 높일 수만 있다면 하루 종일 돌무더기를 들고 이리저리 부지런히 운반하는 것이 가치 있는 일이라고 생각했다. 복서는 심지어 한밤중에도 혼자 나와서 가을 달빛을 받으며 한두 시간씩 더 일했다.

동물들은 틈만 나면 절반쯤 완성된 풍차 주위를 빙글빙글 돌면서 구경했다. 풍차의 벽이 튼튼하게 수직으로 서 있는 것을 보면서 그들은 한없이 감탄했다. 그리고 그처럼 위풍당당한 건물을 오직 자신들의 힘만으로 건설할 수 있었다는 것에 대해 놀라고 감탄했다. 볼 때마다 동물들은 놀라움과 감탄, 자부심과 행복을 느꼈다. 오직 벤자민 영감만이 풍차 건설에 대해 열광하지 않았다. 언제나처럼 당나귀들은 오래 산다는 수수께끼 같은 말 말고 다른 말은 한마디도 하지 않았다.

11월이 되자 남서풍이 심하게 휘몰아쳤다. 날씨가 너무 습해서 시멘트가 제대로 굳지 않았기 때문에 건설 공사는 중지되었다. 어느 날 밤, 격렬한 강풍이 몰아쳐서 농장 건물이 흔들리고 헛간 지붕의 기와들이 날아가 버렸다. 암탉들은 모두 동시에 멀리서 대포가 발사되는 꿈을 꾸다가 깜짝 놀라 깼다는 사실 때문에 공포에 질려 꽥꽥 비명을 질렀다.

아침에 동물들이 밖으로 나가 보니, 깃대는 강풍에 부러지고 과수원 아래쪽에 있던 느릅나무는 마치 무를 뽑아놓은 것처럼 뿌리째 뽑혀있었다. 하지만 그보다 더욱 처참한 광경이 그들 앞에 펼쳐져 있었다. 모든 동물의 목에서 절망적인 비명이 터져 나왔다. 풍차가 산산이 부서져 있었던 것이다.

동물들은 일제히 그쪽으로 달려갔다. 평소에는 절대로 뛰지 않는 나폴레옹도 이때만은 맨 앞에 서서 쏜살같이 달렸다.

그랬다. 그들이 온갖 노력을 다해 세운 풍차가, 그들의 자부심이자 행복이던 풍차가, 주춧돌 아래까지 완전히 파괴된 채 무너져 있었다. 그토록 고생고생하며 힘들게 쪼개어 날랐던 돌들도 사방에 흩어져 있었다.

동물들은 차마 뭐라 말도 못 하고 깊은 슬픔에 잠긴 채 그저 무참하게 흩어진 돌들을 바라보기만 했다.

나폴레옹은 잠자코 이리저리 왔다 갔다 하며 가끔 땅바닥에 코를 대고 킁킁 냄새를 맡았다. 빳빳하게 선 꼬리는 좌우로 격렬하게 움직이고 있었다. 그것은 그가 긴박하게 두뇌 활동을 하고 있다는 표시였다. 갑자기 그는 결심한 듯 걸음을 멈추고 조용히 말했다.

"동지 여러분, 누가 이런 짓을 했는지 압니까? 한밤중에 침입해서 우리의 풍차를 파괴해 버린 놈이 누군지 압니까? 바로 스노볼입니다!"

그는 갑자기 천둥 같은 목소리로 고함을 질렀다.

"이건 스노볼의 짓입니다! 순전히 복수심에 사로잡혀

서 우리의 계획을 좌절시켜, 굴욕적으로 추방당한 것을 복수하려고 말입니다. 이 비열한 반역자는 어두운 밤을 틈타 몰래 이곳으로 기어들어 와서 거의 1년 동안 우리가 작업한 것을 파괴해 버린 겁니다. 단 하룻밤 만에 말입니다.

동지 여러분, 나는 지금 여기서 스노볼에게 사형을 선고합니다. 누구라도 법에 따라 그를 처치하는 자에게는 '동물 영웅 훈장 제2급'과 사과 반 부셸을 주겠소. 그리고 그를 산 채로 잡아 오는 자에게는 사과 1부셸을 주겠소!"

이렇게 심한 짓을 한 것이 바로 스노볼이라는 말을 듣고 동물들은 엄청난 충격을 받았다. 분노의 외침 소리가 여기저기서 터져 나왔다. 만약 스노볼이 되돌아온다면 어떻게 잡을 것인지 모두 궁리하기 시작했다.

거의 동시에, 언덕에서 조금 떨어진 풀밭에서 돼지의 발자국이 발견되었다. 겨우 몇 미터 정도밖에는 추적할 수 없었지만 그 발자국은 울타리에 난 구멍으로 이어져 있는 것 같았다. 나폴레옹은 깊이 숨을 들이쉬며 발자국 냄새를 맡은 다음 스노볼의 발자국이 확실하다고 선언했다. 그는 냄새로 누구 발자국인지 구별할 수 있다고 말했다. 나폴레옹은 스노볼이 아마도 폭스우드 농장 쪽에서 온 것 같다고 말하면서 동물들에게 외쳤다.

"동지 여러분, 더 이상 지체하면 안 됩니다! 반드시 해야만 할 일이 있습니다. 바로 지금 이 순간부터 우리는 풍차를 재건하기 시작합시다. 무슨 일이 있어도, 겨울 내내 우리는 건설할 것입니다. 우리는 이 비열한 배신자에게 우리의 사업을 그리 쉽게 망칠 수 없다는 것을 보여줄 것입니다.

자, 동지 여러분! 우리의 계획에 변경이란 없습니다. 계획은 반드시 기간 내에 완성되어야 합니다. 앞으로 전진 합시다, 동지 여러분! 풍차 만세! 동물 농장 만세!"

7

그해 겨울은 유난히도 혹독했다. 2월에 접어들 때까지도 험악한 날씨가 지속되었고, 진눈깨비와 눈은 모진 서리가 되어 겨우내 녹지 않았다. 동물들은 있는 힘을 다해 풍차 재건에 나섰다. 외부 세계가 자신들을 주목하고 있다는 것을 동물들은 잘 알고 있었다. 만약 풍차가 예정된 시기까지 완성되지 않는다면 시기심 많은 인간들이 쾌재를 부르며 손뼉을 치리라는 것도 동물들은 잘 알고 있었다.

앙심을 품고 있던 인간들은 스노볼이 풍차를 파괴했다는 사실을 믿지 않는 척하면서 풍차가 쓰러진 것은 벽이 너무 얇았기 때문이라고 주장했다. 동물들은 그런 주장이 사실이 아니라는 것을 알고 있었다. 하지만 그럼에도 불구하고 벽은 전보다 더 두껍게 쌓는 것으로 결정되었다. 전처럼 18인치가 아니라 이번에는 3피트 두

께로 쌓기로 한 것이다. 그리고 그것은 전보다 훨씬 많은 돌을 모아야 한다는 것을 의미했다.

아주 오랫동안 채석장은 바람에 날려 쌓인 눈 더미로 온통 뒤덮여 있어서 아무 일도 할 수가 없었지만 조금 뒤에는 춥긴 해도 건조한 날씨가 한동안 계속되어 작업은 조금씩 진전되었다. 하지만 워낙 잔혹할 정도로 어려운 작업이었기 때문에 동물들은 전에 느꼈던 것 같은 희망과 기대를 이젠 더 이상 가질 수가 없었다. 게다가 그들은 언제나 추웠고 언제나 배가 고팠다.

용기가 꺾이지 않은 것은 오직 복서와 클로버뿐이었다. 스퀼러는 봉사의 기쁨과 노동의 고귀함에 대해 아주 훌륭한 연설을 했지만, 동물들은 복서의 강인한 체력과 "내가 좀 더 일하면 된다"는 그의 한결같은 부르짖음에서 훨씬 더 많은 격려와 위안을 받았다.

1월이 되자 식량이 떨어지기 시작했다. 밀 배급량이 급격하게 줄어들더니 이를 보충하기 위해 감자를 더 배급한다는 발표가 있었다. 그러나 배급받은 감자들은 대부분 얼어 있었다. 흙과 짚으로 충분히 덮어놓지 않아서 수확한 감자 대부분이 얼어버린 것이었다.

물컹해지고 색깔이 변해서 먹지 못하는 것을 버리고 나면 몇 알도 남지 않았다. 동물들은 먹을 것이 거의 없었기 때문에 왕겨와 사료만으로 며칠씩 견뎌야 했다. 기아가 눈앞에 닥친 것만 같았다.

풍차가 무너진 사건으로 우쭐해진 인간들은 동물 농장에 대해 새로운 헛소문을 꾸며내기 시작했다. 동물들이 모두 기아와 질병으로 죽어가고 있다느니, 동물들이 끊임없이 싸움질을 하고 있으며 서로 잡아먹는다느니, 새끼를 죽이는 짓을 예사로 하고 있다느니 하는 소문이 또다시 번져갔다.

나폴레옹은 농장의 식량 사정이 외부에 알려지면 어떤 결과가 일어날지 충분히 알고 있었기 때문에, 진상과는 반대되는 인상을 퍼뜨리기 위해 윔퍼 씨를 이용하기로 결심했다.

이제까지 동물들은 매주 찾아오는 윔퍼와 전혀 접촉하지 않았다. 그러나 이제 소수의 선발된 동물들은, 그들은 거의 양들이었는데, 윔퍼 씨가 들을 수 있는 곳에서, 식량 배급이 늘어났다는 얘기를 자연스럽게 주고받으라는 지시를 받았다.

나폴레옹은 저장 창고에 있는 텅 빈 곡물 용기에 모래를 가득 채우고 남아 있는 곡식이나 밀기울로 그 위를 살짝 덮으라고 지시했다. 그리고 나폴레옹은 적당한 구실을 만들어 윔퍼를 창고 속으로 끌고 다니며 곡물 저장 용기를 슬쩍 엿보게 했다. 다행히 윔퍼는 완전히 속아 넘어가서 외부 세계에 동물 농장에는 식량이 조금도 부족하지 않더라고 계속 퍼뜨렸다.

어쨌든 1월 하순이 되자 어디서든 곡식을 들여오지 않으면 안 된다는 것이 분명해졌다. 최근 들어 나폴레옹은 거의 대중 앞에 나타나지 않고 농장 주택에 틀어박혀 지냈는데, 주택 출입문마다 사나운 얼굴의 개가 지키고 있었다. 나폴레옹이 밖에 나올 때는 여섯 마리의 개가 주위를 둘러싸고 삼엄하게 호위했으며, 누구든 가까이 오려고 하면 당장 으르렁거리는 것이었다. 일요일 아침에조차 그는 나타나지 않고, 다른 돼지, 대개는 스퀼러를 시켜 명령을 전달하는 일이 흔했다.

* * *

어느 일요일 아침, 암탉들이 다시 알을 낳는 철이 돌아오자 스퀼러는 달걀을 공출한다고 발표했다. 나폴레옹이 윔퍼를 통해 매주 4백 개의 알을 파는 계약을 체결했던 것이다. 여름이 되어 사정이 호전될 때까지는 그 돈으로 농장의 모든 동물들을 먹일 수 있을 정도의 곡식과 밀기울을 사들일 예정이라고 했다.

암탉들은 격렬하게 절규하며 항의했다. 언젠가 이런 희생이 필요할 거라는 경고를 듣기는 했지만 진짜로 그런 일이 닥치리라고는 절대 믿지 않았던 것이다. 마침 봄 병아리를 까기 위해 알을 품을 준비를 하던 그들은 지금 알을 빼앗는 것은 살육 행위라고 항의했다.

존스가 추방된 이후 처음으로 반란 비슷한 사건이 터졌다. 검은 미노르카 종의 젊은 암탉 세 마리가 암탉들을 주도했다. 그들은 나폴레옹의 야망을 저지하기 위해 단호하게 행동했다. 암탉들은 보란 듯이 서까래로 날아올라가서 알을 낳아 알들이 저절로 바닥에 굴러떨어져 박살이 나버리는 방법을 취했다. 나폴레옹은 즉각 빠르고 무자비하게 조치했다. 그는 암탉들에게 사료 배급을 중지하라고 명령하고, 만약 옥수수 한 알이라도 암탉에게 주는 자는 사형에 처한다고 선언했다. 이들 명령이 어김없이 시행되도록 개들이 감시 임무를 맡았다.

암탉들의 저항은 닷새 동안 계속되었다. 하지만 굶주림을 견딜 수는 없었다. 결국 그들은 항복하고 각자의 둥지로 돌아갔다. 그러는 동안에 아홉 마리의 암탉이 죽었다. 그들의 시체는 과수원에 매장되었으며 사인은 콕시디움증이라는 전염병 때문이라고 발표되었다.

윔퍼는 이 사건에 대해서는 전혀 알지 못했다. 그 뒤 매주 한 번씩 알을 운반하기 위해 식료품상의 화물 마차가 농장을 드나들게 되었고, 계란은 제때에 어김없이 공급되었다.

그러는 동안에도 스노볼의 모습은 전혀 보이지 않았다. 이웃에 있는 폭스우드 아니면 핀치필드 농장에 그가 숨어 있을 것이라는 소문이 돌았다. 나폴레옹은 이들 농장주들과 전보다는 조금 우호적인 관계를 맺고 있었다. 마침 동물 농장 안마당에는 10년 전에 너도밤나무 숲을 벌목해서 산더미처럼 쌓아둔 목재가 있었고, 아주 잘 건조된 목재라 필킹턴 씨와 프레데릭 씨 둘 다 탐을 내고 있다면서 윔퍼가 나폴레옹에게 그 목재를 팔면 어떻겠느냐고 권했던 것이다.

나폴레옹은 두 사람 중 누구에게 팔지 결정하지 못하고 망설였다. 프레데릭 씨와 계약하려고 하면 언제나 스노볼이 폭스우드에 숨어 있다는 소문이 떠돌았고, 필킹턴 씨와 계약하려고 하면 스노볼이 핀치필드에 숨어 있다는 소문이 떠돌았다.

초봄에 갑자기 놀라운 사실이 알려졌다. 스노볼이 수시로 밤을 틈타 은밀히 농장에 잠입한다는 것이었다. 동물들은 너무나 불안해서 거의 잠을 이룰 수가 없었다. 그가 밤마다 어둠을 틈타 농장으로 몰래 숨어 들어와서 온갖 못된 짓을 저지른다는 소문이 돌았다. 그는 밀을 훔치고, 우유 통을 엎고, 모판을 짓밟고, 과일나무의 껍질을 갉아 먹었다.

무슨 일이든 잘못되면 으레 스노볼의 탓으로 돌려졌다. 창문 유리가 깨지거나 배수구가 막혀도 틀림없이 누군가는 밤에 스노볼이 숨어 들어와서 저지른 짓이라고 말했다. 창고 열쇠가 없어졌을 때도 스노볼이 우물 속에 던져버린 게 틀림없다고 동물들은 확신했다. 정말 이상한 것은 잃어버렸던 열쇠가 밀기울 자루 밑에서 발견된 다음에도 여전히 스노볼의 소행으로 믿는 것이었다. 암소들은 스노볼이 자기들이 잠들어 있는 사이에 우유를 짜 갔다고 보고했다. 겨우내 골칫거리였던 쥐들조차 스노볼과 한통속이라는 소문이 돌았다.

나폴레옹은 스노볼의 활동에 대해 전면적인 조사를 한다고 선언했다. 언제나 그를 따라다니는 개들을 데리고 그는 농장 건물을 면밀히 점검해 보기 위해 나섰다. 다른 동물들은 경의를 표할 정도의 거리를 유지하며 그의 뒤를 따랐다. 나폴레옹은 몇 걸음마다 멈춰서서 땅바닥에 코를 대고 킁킁거렸다. 그는 스노볼의 발자국을 냄새로 알 수 있다고 말했다. 헛간, 외양간, 닭장, 야채밭까지 그는 구석구석을 다니며 냄새를 맡았다. 그리고 거의 모든 곳에서 스노볼의 흔적을 발견했다. 그럴 때마다 나폴레옹은 코끝을 땅바닥에 대고 몇 번씩이나 깊이 냄새를 들이마시고는 무시무시한 목소리로 외쳤다.

"스노볼이다! 놈이 여기에도 왔었군! 냄새로 분명히 알 수 있다고!"

그가 "스노볼이다!"라고 말할 때마다 개들은 일제히 소름 끼치게 으르렁거리며 날카로운 이빨을 드러냈다.

동물들은 완전히 공포에 질렸다. 스노볼이 눈에 보이지는 않지만 그들 주변의 공기 속에 가득히 스며들어 있어서 모든 종류의 위험으로 그들을 위협하고 있는 것 같았다. 저녁이 되자 스퀼러는 아주 놀랍다는 표정으로 달려와, 모두에게 중대한 소식을 알려주겠다고 말했다. 그는 신경질적으로 깡충깡충 뛰며 소리쳤다.

"동지 여러분! 참으로 끔찍한 일이 밝혀졌소. 우리를 습격해서 농장을 뺏으려는 음모를 꾸미고 있는 핀치필드 농장의 프레데릭에게 스노볼이 자신을 팔았답니다. 공격이 시작되면 스노볼이 그를 안내할 거요. 그런데 그보다 더 심한 일이 드러났어요. 우리는 스노볼이 단지 허영심과 야망 때문에 우릴 배신한 거라고 생각했는데 그게 아니었소.

동지 여러분! 진짜 이유가 뭔지 아시겠소? 스노볼은 애초부터 존스와 한통속이었어요! 존스의 스파이였다고요. 그가 놓고 간 문서를 우리가 지금 막 발견했는데 그걸 보고 확실히 알게 되었지요.

동지 여러분, 나는 이것이 참 많은 것을 설명해 준다고 생각합니다. '외양간 전투' 때, 다행히도 성공하진 못했지만, 그가 어떻게 우리를 패배시키고 멸망하게 하려고 했는지…… 우리도 직접 봤잖습니까?"

동물들은 넋이 나갈 정도로 큰 충격을 받았다. 그것은 풍차 파괴보다 훨씬 더 악랄한 짓이었다. 하지만 시간이 지나 조금 진정되자 그들은 상황을 파악하기 시작했다. 그들은 모두 기억하고 있었다. 외양간 전투 때, 스노볼이 맨 앞에 서서 돌격하던 모습, 고비마다 흩어진 동물들을 다시 모으고 격려했던 일, 심지어 존스가 발사한 탄환이 그의 등에 상처를 입혔을 때조차 조금도 굽히지 않았던 일들을 그들은 분명히 보았던 것이다.

처음에는 그것이 어떻게 존스와 한패라는 사실과 연결되는지 이해하기 어려웠다. 질문이라곤 거의 한 적이 없는 복서조차 혼란을 느꼈다. 그는 앞다리를 몸 밑에 구부려 넣고 앉아서 눈을 감고 열심히 노력한 끝에 겨우 생각을 정리할 수 있었다.

"그런 말은 믿을 수 없어요. 스노볼은 '외양간 전투' 때 용감하게 싸웠어요. 내 눈으로 분명히 봤어요. 그래서 전투가 끝나자마자 그에게 '동물 영웅 훈장 제1급'을 수여했던 거 아닙니까?" 복서가 말했다.

"동지! 그것은 우리가 잘못 판단한 것이었어요. 왜냐하면 우리는 이제야 모든 것을 알게 되었기 때문입니다. 사실은 그가 우리를 파멸로 이끌어가려 했다는 것이 우리가 발견한 비밀문서에 모두 기록되어 있어요!"

"하지만 그는 부상을 입었잖소? 그가 피를 흘리며 달려가는 모습을 우리 모두 똑똑히 보았단 말이오."

"그것도 미리 짜놓은 음모의 일부였어요! 존스의 총알은 그저 그를 스치기만 했을 뿐이오. 여러분이 글을 읽을 줄만 안다면 그가 직접 쓴 것을 보여줄 수 있을 텐데……. 그는 위급한 순간에 후퇴 신호를 하여 싸움터를 적의 수중으로 넘기려고 했던 거요. 그의 계획은 하마터면 성공할 뻔했지요.

동지 여러분, 만약 우리의 영웅적인 지도자인 나폴레옹 동지가 없었더라면 그의 계획은 틀림없이 성공했을 거라고 장담합니다. 존스와 그 일당들이 안마당으로 쳐들어왔을 때, 스노볼이 갑자기 뒤돌아서서 도망치는 바람에 많은 동물들이 그의 뒤를 따라갔던 일이 기억나지 않습니까? 그리고 여러분이 겁에 질려 어찌할 바를 모르고 갈팡질팡하는 바로 그 순간에 나폴레옹 동지가 '인간에게 죽음을!'하고 외치면서 앞으로 튀어 나가서 존스의 허벅지를 물어뜯은 것을 기억하지 못한다는 거요?"

스퀼러는 좌우로 펄쩍펄쩍 뛰며 소리쳤다. 스퀼러가 그 장면을 눈앞에 보이는 것처럼 생생하게 설명하자 동물들은 점점 그랬던 것 같기도 하다는 생각이 들기 시작했다. 어쨌든 전투 도중에 위급한 상황에서 스노볼이 돌아서서 도망쳤던 일 역시 모두가 기억하고 있었던 것이다. 하지만 복서는 여전히 마음에 걸리는 게 있었다. 마침내 복서는 결론을 내렸다.

"스노볼이 처음부터 배신자였다고는 믿을 수 없소. 그 뒤에 그가 한 짓은 다른 문제예요. 어쨌든 외양간 전투 때만큼은 그가 우리의 훌륭한 동지였다고 믿소."

"우리의 지도자 나폴레옹 동지는…… 분명하게 말씀하셨습니다. 아주 분명하게요, 동지들! 스노볼은 처음부터, 우리가 반란을 계획하기 훨씬 이전부터 존스의 앞잡이였다고 말이오."

스퀼러는 아주 천천히 분명하고 단호하게 선언했다.

"아, 그렇다면 얘기가 달라지지! 나폴레옹 동지가 그렇게 말했다면 그건 틀림없을 것이오." 복서가 말했다.

“정말 훌륭한 정신이오, 동지!”

스퀼러가 외쳤다. 하지만 그의 번뜩이는 조그만 눈은 복서를 험상궂게 노려보고 있었다. 그는 가려고 돌아서다 말고 갑자기 다시 돌아서더니 동물들에게 아주 인상적인 말을 덧붙였다.

“농장에 있는 여러분 모두에게 눈을 크게 뜨고 있으라고 경고합니다. 왜냐하면 지금 이 순간에도 스노볼의 첩자들이 우리들 사이에 숨어 있다고 생각할 만한 충분한 이유가 있기 때문입니다.”

* * *

그로부터 4일이 지난 늦은 오후였다. 동물들 모두 앞마당으로 집합하라는 나폴레옹의 명령이 떨어졌다. 동물들이 모두 모이자 나폴레옹은 두 개의 훈장을 달고 (그는 최근에 ‘동물 영웅 훈장 제1급’과 ‘동물 영웅 훈장 제2급’을 자신에게 수여했다) 아홉 마리의 커다란 개들과 함께 농장 주택에서 나왔다. 개들은 그의 주변을 뛰어 돌아다니며 등이 오싹할 정도로 계속 으르렁거렸다. 동물들은 뭔가 무서운 일이 곧 벌어질 것을 예감한 것처럼 몸을 웅크린 채 자리에 앉아 있었다.

나폴레옹은 똑바로 서서 엄격한 눈으로 일동을 하나하나 살펴보았다. 갑자기 그가 높은 소리로 낑낑거리자 곧바로 개들이 앞으로 뛰쳐나가더니 앞에 앉아 있던 돼지 네 마리의 귀를 물고 다짜고짜 나폴레옹의 발 앞으로 질질 끌고 갔다. 돼지들은 고통과 경악, 공포에 휩싸인 채 비명을 질러댔다. 돼지들의 귀에서 피가 흘렀다. 가뜩이나 무시무시한 개들은 피 맛을 보더니 얼마 동안은 아예 미쳐버린 것처럼 굴었다.

갑자기 개 세 마리가 느닷없이 복서를 향해 돌진했다. 모든 동물은 정말 화들짝 놀랐다. 복서는 개들이 달려드는 것을 보자 커다란 발굽을 내밀어 개 한 마리를 공중에서 낚아채 땅바닥에 깔고 꼼짝 못 하게 짓눌렀다. 개는 살려달라고 비명을 질렀고 다른 개 두 마리는 꼬리를 다리 사이에 감추며 도망쳤다.

복서는 발밑에 깔린 개를 죽여야 할지 살려줘야 할지 알려달라는 듯이 나폴레옹의 얼굴을 바라보았다. 나폴레옹은 순간 안색이 달라진 듯했지만 곧 복서에게 개를 놓아주라고 날카롭게 명령했다. 복서가 발굽을 들자 개는 다쳤다고 울부짖으면서 슬금슬금 도망쳤다.

소동은 금세 가라앉았다. 네 마리의 돼지들은 얼굴 가득 죄를 지었다고 적혀 있는 것 같은 표정으로 벌벌 떨면서 처분을 기다리고 있었다. 나폴레옹은 그들에게 죄를 자백하라고 다그쳤다. 그들은 바로 나폴레옹이 일요일 총회를 폐지했을 때 항의한 돼지들이었다.

더 이상 재촉하지도 않았는데 그들은 스노볼이 추방된 때부터 지금까지 계속 스노볼과 비밀리에 연락을 취하고 있었고, 스노볼이 풍차를 파괴할 때 협력했으며, 또 동물 농장을 프레데릭 씨에게 넘겨주기로 스노볼과 계약했다고 자백했다. 그리고 스노볼이 그들에게 지난 몇 년 동안 자신은 존스의 비밀 첩자였다는 것을 털어놓은 적이 있다고 덧붙였다. 그들이 자백을 끝내자 즉시 개들이 그들의 목을 물어뜯어 버렸다.

나폴레옹은 무시무시하게 날 선 목소리로 누구든 더 자백할 자는 없느냐고 몰아세웠다.

달걀 문제로 반란을 일으켰다가 미수에 그쳤던 사건의 주모자인 암탉 세 마리가 앞으로 나와서, 스노볼이 그들의 꿈에 나타나 나폴레옹의 명령을 따르지 말라고 선동했다고 자백했다. 그들도 역시 학살되었다.

다음에는 거위 한 마리가 앞으로 나와, 지난해 수확할 때 밀 이삭 여섯 개를 감추어두었다가 밤에 몰래 먹었다고 자백했다. 다음엔 양 한 마리가 앞으로 나와, 식수로 사용하는 연못에 소변을 보았다고 자백하면서, 스노볼이 그렇게 하라고 시켰다고 말했다.

그리고 또 다른 양 두 마리가 앞으로 나와서, 가장 열렬한 나폴레옹 숭배자였던 늙은 염소가 기침으로 고생하고 있을 때, 화톳불 둘레를 빙빙 돌며 그를 쫓아서 기어코 죽게 했다고 자백했다. 그들도 모두 그 자리에서 살해되었다.

이렇게 자백과 학살이, 나폴레옹의 발 앞에 시체 더미가 쌓이고, 존스가 추방된 이래 전례 없는 피비린내가 공기 가득 진동할 때까지 계속되었다.

* * *

모든 일이 끝나자 돼지와 개를 제외한 나머지 동물들은 한 덩어리가 되어 살금살금 물러났다. 그들의 마음은 심하게 흔들렸고 비참했다. 스노볼과 결탁했던 동물들의 배신행위가 더 충격적인지 아니면 방금 자신들이 직접 본 잔인한 보복이 더 충격적인지 알 수 없었다.

예전에도 지금 못지않은 참혹한 살육 장면은 자주 있었다. 하지만 이번 경우는 바로 자신들 사이에서 일어났기 때문에 훨씬 더 끔찍하게 느껴졌다. 존스가 농장을 떠난 뒤로는 아직까지 동물이 다른 동물을 죽인 적은 없었다. 들쥐 한 마리조차 피살된 일이 없었다.

그들은 반쯤 만들어진 풍차가 서 있는 작은 언덕으로 올라갔다. 그리고 마치 서로의 온기를 느끼려는 것처럼 서로 몸뚱이를 붙이고 일제히 옆으로 누웠다. 클로버, 뮤리엘, 벤자민, 황소들과 양들, 그리고 그 많은 거위와 암탉들 모두 한 덩어리가 되어 서로 몸을 기대고 있었다. 나폴레옹이 모이라고 명령하기 바로 전에 갑자기 몸을 감추어버렸던 고양이만 빼고.

얼마 동안은 아무도, 아무 말도 하지 않았다. 오직 복서만이 안절부절못하고 앞으로 왔다 뒤로 갔다 하면서 검고 기다란 꼬리로 옆구리를 툭툭 치고 이따금 작은 소리로 비통하게 한숨을 쉬었다. 마침내 그가 말했다.

"난 아무래도 모르겠어. 우리 농장에서 이런 일이 일어나다니 정말 믿을 수가 없어. 우리에게 뭔가 잘못이 있는 게 틀림없어. 해결 방법은, 아마 내 생각엔, 더 열심히 일하는 수밖에 없을 것 같아. 난 내일 아침부터 한 시간 더 일찍 일어날 거야."

그는 묵직하고 빠른 걸음으로 채석장을 향해 떠났다. 채석장에 도착하자 그는 돌을 한 짐씩 두 번에 걸쳐 풍차 건설장에 운반한 다음 잠자리에 들었다.

동물들은 아무 말 없이 클로버 주위에 바싹 모여 있었다. 그들이 누워 있는 작은 언덕 위에서는 인근 마을을 한눈에 모두 둘러볼 수 있었다. 동물 농장의 대부분이 그들의 눈앞에 펼쳐져 있었다. 큰길까지 길게 뻗어 있는 목초지, 건초 밭, 잡목림, 식수용 연못, 어린 밀이 빽빽이 늘어선 초록빛 경작지, 굴뚝에서 연기가 뭉게뭉게 피어오르는 농장 주택의 붉은 지붕이 보였다.

맑게 갠 봄날 저녁이었다. 풀과 꽃봉오리가 벌어지기 시작한 생울타리는 고루 햇살을 받아 황금빛으로 빛나고 있었다. 지금까지 농장이 이렇게 매력적으로 보인 적은 없었다. 그들은 일종의 경이감을 느끼면서 이 농장이 그들의 소유라는 것, 한 뼘의 땅도 남김없이 구석구석 모두 그들의 소유라는 것을 마음속에 떠올렸다.

언덕을 내려다보는 클로버의 눈에 눈물이 가득 고였다. 만약 클로버가 자기 생각을 말로 다 표현할 수 있었다면 이렇게 말했을 것이다.

몇 년 전에 우리가 인간들을 타도하기 위해 투쟁하기로 결정했을 때, 우리의 목표는 이런 것이 아니었어.

메이저 영감이 우리에게 반란을 일으키라고 선동하던 그날 밤, 우리가 기대한 미래의 모습은 이렇게 참혹한 공포와 학살이 아니었어.

만약 내가 미래상이란 걸 마음속에 품고 있었다면 그것은 동물들이 굶주림과 채찍에서 해방되어 자유롭고 평등하게 자기 능력에 따라 일하고, 강자가 약자를 지켜주는 그런 사회의 모습이었어. 메이저 영감의 연설이 있던 그날 밤에 내가 어미 잃은 새끼 오리들을 앞다리로 보호해 주었던 것처럼 말이야.

하지만 왜 그런지 난 도대체 알 수가 없지만, 아무도 감히 자기 생각을 말하지 못하고, 사나운 개들이 으르렁거리며 도처에서 설쳐대고, 동지들이 충격적인 죄를 자백한 다음에 갈기갈기 찢기는 것을 말없이 보고만 있어야 하는 끔찍한 세상이 되고 말았어. 난 반란을 일으키거나 명령을 어길 마음은 조금도 없어.

비록 이런 상황이라도 존스 시절보다는 훨씬 나으니까 말이야. 인간들의 복귀만은 어떻게든 막아야 해.

그러니까 나는 성실하게 열심히 일할 거고, 주어진 명령을 수행할 거고, 나폴레옹을 지도자로 인정할 거야.

하지만 나와 다른 모든 동물들이 희망을 갖고 그토록 열심히 일한 것은 이렇게 되려고 한 건 아니었어. 풍차를 건설한 것도, 존스의 총탄에 맞서 싸운 것도 이렇게 되려고 한 건 아니었어.

비록 말로는 다 표현할 수 없었지만 클로버는 마음속으로 이렇게 생각했다. 마침내 클로버는 《영국의 짐승들》이 그녀가 표현하지 못하는 심정을 대변하고 있다는 느낌이 들었다. 그녀가 노래를 시작하자 그녀를 둘러싸고 있던 다른 동물들도 같이 노래를 불렀다. 아주 아름답게 그리고 아주 느리고 애처롭게, 전에는 한 번도 불러본 적이 없는 방식으로 세 번이나 연속해서 그들은 노래를 불렀다.

그들이 세 번째로 노래를 막 끝냈을 때 스퀼러가 개 두 마리를 거느리고 꼭 말해야 할 중대한 일이 있다는 태도로 그들에게 다가왔다. 그는 나폴레옹 동지의 특별 명령으로 《영국의 짐승들》은 금지되었으니 앞으로는 그 노래를 부르지 못한다고 선언했다.

동물들은 너무 놀라서 다들 뒤로 자빠질 뻔했다.

"왜요?"

뮤리엘이 외쳤다.

"그 노래는 이제 더 이상 필요 없소, 동지. 《영국의 짐승들》은 반란의 노래였소. 하지만 반란은 이미 완성되었소. 오늘 오후에 배신자들을 처형한 것이 반란의 마지막 마무리였소. 우리는 외부와 내부의 적을 모두 섬멸했소. 《영국의 짐승들》이라는 노래로 우리는 다가올 날에 더 좋은 사회가 이루어지길 바라는 열망을 표현했소. 그런데 이제 그 사회는 이루어졌소. 그러니 이제 이 노래는 더 이상 아무런 목적도 없어진 거요."

스퀼러가 딱딱거리며 말했다.

비록 그들이 아무리 겁에 질려 있었다 해도 이 일에 대해서만큼은 아마도 몇몇 동물들은 항의하려고 했을 것이었다. 하지만 바로 그 순간 양들이 언제나처럼 "네 다리는 좋고, 두 다리는 나쁘다"를 일제히 합창하기 시작했고, 이 울음소리가 몇 분이나 계속되는 바람에 논쟁은 그대로 끝나고 말았다.

그런 이유로 《영국의 짐승들》은 더 이상 들리지 않게 되었다. 그 노래 대신에 미니머스라는 시인이 작곡한 다른 노래가 불렸다. 그 노래는 이렇게 시작했다.

동물 농장이여, 동물 농장이여,
나를 따르면 결코 쓰라린 일은 없으리!

그리고 일요일 아침마다 농장기를 게양한 다음에 동물들은 이 노래를 불렀다. 하지만 어쩐지 동물들에겐 노래의 가사도 곡조도 《영국의 짐승들》 만큼 마음에 들지도 마음에 와닿지도 않았다.

8

며칠이 지났다. 처형으로 인한 공포가 조금 가라앉으면서 몇몇 동물들은 일곱 계명의 여섯 번째 계명이 '동물은 절대로 다른 동물을 죽이면 안 된다'라는 걸 기억해 냈다. 아니면 그런 계명을 기억하고 있다고 생각했다. 돼지나 개가 있는 곳에서는 아무도 감히 그런 말을 하지 못했지만, 모두 전날의 살육 행위는 분명히 계명에 위배되는 처사라는 생각을 하게 되었다.

클로버는 벤자민에게 여섯 번째 계명을 읽어달라고 부탁했다. 하지만 벤자민은 여전히 자기는 그런 일에 관여하고 싶지 않다면서 단칼에 거절했다. 그래서 클로버는 뮤리엘을 데리고 왔다. 뮤리엘은 그녀에게 계명을 읽어주었다.

"모든 동물은 절대로 이유 없이 다른 동물을 죽이면 안 된다."

어떻게 된 일인지 몰라도 '이유 없이'라는 말은 동물들의 기억에 없었다. 어쨌든 그들은 이제 계명이 위반되지 않았다는 것을 알게 되었다. 왜냐하면 스노볼과 공모했던 반역자를 처형한 것은 충분히 이유가 있는 일이었기 때문이다.

그 해에도 동물들은 지난해보다 더 열심히 일했다. 농장의 정규 작업을 하면서 동시에 전보다 두 배나 더 두껍게 벽을 쌓아야 하는 풍차를, 그것도 예정된 기일까지 완성한다는 것은 어마어마한 노동량을 강요하는 일이었다. 심지어 동물들은 존스 시절보다도 일은 더 많이 하고 급식은 오히려 더 못하다고 느낄 때도 있었다.

일요일 아침이면 으레 스퀼러는 앞발 발톱 사이에 기다란 종이쪽을 끼워 들고, 모든 종류의 식량 생산이 200퍼센트, 300퍼센트, 경우에 따라서는 500퍼센트까지 증가했음을 나타내는 통계표를 그들에게 읽어주었다. 동물들은 반란 전에는 어땠는지 명확하게 기억해 낼 수 없었기 때문에 그를 의심할 근거는 아무것도 없었다. 통계 숫자는 아무래도 좋으니 급식량이나 좀 늘려주었으면 하고 바랄 뿐이었다.

이제는 모든 명령이 스퀼러나 다른 돼지들을 통해 내려졌다. 나폴레옹은 두 주에 한 번이나 대중 앞에 나타날까 말까였다. 그가 나타날 때는 이제 수행원으로 따라다니는 개뿐만 아니라, 일종의 나팔수 역할을 하는 검은 수탉 한 마리가 더 따라다녔다. 검은 수탉은 나폴레옹의 앞에 서서 행진하다가 그가 연설하기 전에 큰소리로 '꼬끼오 꼬꼬 꼬끼오'하고 외쳤다.

심지어 농장 주택 안에서도 나폴레옹은 다른 돼지들과는 별개의 방에 거처한다는 소문이 돌았다. 식사도 두 마리의 개에게 시중을 받으며 혼자서 하고, 응접실의 유리 찬장에 있는 크라운 더비 제품의 만찬용 사기그릇을 늘 사용한다고 했다. 그리고 해마다 나폴레옹의 생일에는 다른 두 기념일과 마찬가지로 축포를 쏘기로 했다는 발표가 있었다.

나폴레옹은 이제 '나폴레옹'이라고 단순하게 불리는 일은 절대로 없었고 언제나 격식을 갖춰 '우리의 지도자 나폴레옹 동지'라고 불리게 되었다. 돼지들은 '모든 동물의 아버지' 또는 '인류의 공포', '양 떼의 보호자', '새끼 오리의 친구' 따위의 칭호를 만들어내느라 골몰했다.

스퀼러는 연설할 때마다 눈물을 뺨 아래로 줄줄 흘리면서 나폴레옹의 지혜와 그 착한 마음씨, 그리고 세상에 있는 모든 동물들, 심지어 다른 농장에서 아직도 무지한 노예 상태로 살고 있는 불행한 동물들에 대한 그의 깊은 애정에 대해 얘기했다.

모든 성공적인 업적은 물론, 우연히 닥친 행운까지 전적으로 나폴레옹의 공적으로 돌리는 것이 통례로 되었다. 암탉이 친구들에게 "우리의 지도자 나폴레옹 동지의 영도 아래 나는 엿새 동안에 알을 다섯 개나 낳았어." 라고 말하거나, 암소 두 마리가 웅덩이에서 즐겁게 물을 마시며 "나폴레옹 동지의 지도력 덕분에 물맛이 어쩌면 이렇게 좋은지 몰라!"하고 탄성을 지르는 소리를 자주 들을 수 있었다.

미니머스가 지은 《나폴레옹 동지》라는 시는 농장의 이런 분위기를 잘 표현하고 있었다. 시는 이러했다.

아비 없는 자들의 친구시며,
행복의 샘이시며,
먹을 것의 주인이신 제왕이여!

고요하고 위엄 있는
그분의 눈을 볼 때마다
오, 내 영혼은 불타오르네.
하늘의 태양 같은
나폴레옹 동지여!

동포가 바라는 모든 것을
아낌없이 베풀어 주시는 그분은,
모두를 하루 두 번 배불리 먹이시고,
깨끗한 짚단에서 뒹굴고 놀게 하시며,
크고 작은 짐승들 모두
각자의 우리에서 평화롭게 잠들게 하시네!
우리 모두를 지켜주시는
나폴레옹 동지여!

내게 젖먹이 새끼 있다면
아주 작은 병이나 밀방망이만큼이라도
더 자라기 전에
그에게 가르치리,

그분에게 충성하고

그분에게 진실할 것을.

그렇다, 그의 첫 외침은 마땅히

'나폴레옹 동지!'일지니.

나폴레옹은 이 시가 마음에 들었다. 그래서 그는 커다란 헛간의 7계명이 쓰여 있는 반대쪽 벽에 이 시를 써놓게 했다. 그리고 시 위에는 나폴레옹의 옆얼굴을 그린 초상화를 그려 놓았다. 그것은 바로 스퀼러가 흰색 페인트로 그린 것이었다.

한편 나폴레옹은 윔퍼를 통해 프레데릭과 필킹턴을 상대로 복잡한 협상을 하고 있었다. 목재 더미는 아직도 팔리지 않았다. 프레데릭은 필킹턴보다 목재를 더 갖고 싶어 하면서도 합당한 가격을 주려 하지 않았다.

같은 시기에 새로운 소문이 나돌았다. 풍차 건설에 엄청난 질투심을 갖고 있는 프레데릭과 그의 일꾼들이 동물 농장을 습격하여 풍차를 파괴하려고 책동하고 있다는 소문이었다. 스노볼은 여전히 핀치필드 농장에서 숨어 살고 있는 것으로 알려졌다.

여름이 한창일 때에는 느닷없이 암탉 세 마리가 앞으로 나와서 스노볼의 선동으로 나폴레옹 암살 계획을 꾸몄다고 자백하는 바람에 동물들은 깜짝 놀랐다. 그들은 곧바로 처형되었고, 나폴레옹의 신변 보호를 위해 매일 밤 그의 침대 네 귀퉁이를 네 마리의 개들이 각각 지키게 되었고, 그의 음식물에 독물 투입 여부를 알아내기 위해 핑크아이라는 어린 돼지가 그의 음식을 먼저 먹어보는 역할을 맡게 되었다.

거의 같은 시기에, 나폴레옹이 목재를 필킹턴 씨에게 팔기로 결정했고, 일정한 산물을 교환하기 위한 정식 계약을 곧 체결할 거라는 발표가 있었다. 나폴레옹과 필킹턴의 관계는 오직 윔퍼를 통해서만 이루어지고 있었지만, 이제는 거의 우호적인 관계로 발전해 있었다. 동물들은 필킹턴이 인간이었기 때문에 어차피 믿을 수 없기는 마찬가지였지만 그래도 프레데릭보다는 훨씬 낫다고 생각하고 있었다. 왜냐하면 동물들은 프레데릭을 두려워하고 증오했기 때문이다.

여름이 지나고 풍차가 거의 완성 되어갈 무렵, 머잖아 신의를 저버린 자들이 습격할 거라는 소문이 점점 더 세

차게 나돌았다. 프레데릭이 총으로 무장한 인부 20명을 데리고 올 계획을 세우고 있으며, 치안판사와 경찰들에게 이미 뇌물을 주었기 때문에 만약 그가 동물 농장의 부동산 권리 문서만 입수하면 그들은 별 문제 삼지 않을 것이라는 소문이었다.

게다가 프레데릭이 자기 농장의 동물들에게 가하는 잔학 행위에 관한 무시무시한 소문이 핀치필드에서 흘러나왔다. 그는 늙은 말을 죽을 때까지 매질했고, 암소를 굶겨 죽였으며, 개는 난로 아궁이에 던져 죽였고, 저녁마다 수탉들의 발톱에 면도날을 묶은 다음 서로 죽을 때까지 싸우게 하고는 그걸 보면서 즐긴다는 것이었다. 그들의 동포들에게 가해지고 있는 이런 만행에 대한 소문을 들으면서 동물들은 피 끓는 분노를 느꼈다.

그래서 동물들은 다 함께 가서 핀치필드 농장을 습격하여 인간들을 추방하고 동물들을 해방하자고 큰소리로 허락을 요구하기도 했다. 그러나 그럴 때마다 스퀼러는 무모한 행동을 피하고 나폴레옹 동지의 전략을 믿고 따르라고 충고했다. 그럼에도 불구하고 프레데릭에 대한 반감은 끊임없이 점점 더 거세지고 있었다.

어느 일요일 아침, 나폴레옹이 헛간에 나타나서 자기는 목재 더미를 프레데릭에게 팔려고 생각했던 일은 한 번도 없었다고 해명했다. 그리고 그런 부류의 악당과 거래하는 것은 자신의 체면을 떨어뜨리는 일이라고 말했다. 비둘기들에게도 이제부터는 폭스우드 농장에는 가지 말라고 명령했고, 또 지금까지의 구호이던 '인간에게 죽음을'은 '프레데릭에게 죽음을'로 바뀌었다.

늦여름이 되자 스노볼의 또 다른 음모가 폭로되었다. 수확한 밀에 잡초가 잔뜩 섞여 있었는데, 그것은 스노볼이 언젠가 밤에 몰래 들어와서 밀 종자에 잡초씨를 섞어놓았기 때문인 것으로 밝혀졌다. 이 음모에 은밀히 가담했던 수거위가 스퀄러에게 죄를 자백한 다음 독초인 벨라도나 열매를 먹고 그 자리에서 자살했다.

동물들이 이제야 알게 된 사실이 또 하나 있었다. 지금까지 믿고 있던 것과는 달리 스노볼은 결코 '동물 영웅 훈장 제1급'을 받은 일이 없었다. 그것은 '외양간 전투'가 끝난 다음에 스노볼 자신이 퍼뜨린 한낱 헛소문일 뿐이었다. 당시에 그는 훈장을 받기는커녕 그 전투에서 비겁한 행동을 보였다는 이유로 비난을 받았었다.

이 말을 듣고 처음에는 약간 미심쩍게 생각하는 동물도 꽤 여럿 있었지만 스퀼러는 그들의 기억이 틀렸다는 것을 금방 납득시켰다.

* * *

가을에는 풍차 공사를 하면서 동시에 가을걷이도 해야 했기 때문에 동물들은 거의 살인적인 노동을 감당해야만 했다. 덕분에 어쨌든 드디어 마침내 풍차 공사가 마무리되었다. 기계는 아직 설치되지 않았다. 윔퍼가 구입 교섭을 하는 중이라고 했다.

하지만 어쨌든 풍차의 골격은 완성되었다. 모든 어려움에도 불구하고, 그런 공사를 해본 경험도 전혀 없는 데다가 가진 것이라고는 원시적인 도구밖에 없었음에도 불구하고, 크고 작은 불운이 끊이지 않았음에도 불구하고, 스노볼의 반란 사건에도 불구하고, 풍차 공사는 예정된 기일에 맞춰 정확하게 준공된 것이다!

완전히 지쳐 있었으면서도 동물들은 자랑스러운 기분으로 자신들이 쌓아 올린 걸작품 주위를 돌고 돌았다. 그들의 눈에는 처음에 건설했던 것보다 훨씬 더 아름다워 보였다. 게다가 벽의 두께는 먼저 것보다도 두 배나 두꺼웠다. 이제는 폭발물로 폭파하지 않는 한 절대로 무너지지 않을 것이다!

그동안 얼마나 열심히 일했는지, 어떤 장애물을 극복했는지, 그리고 풍차의 날개가 돌아 발전기가 가동되면 자신들의 생활에 어떤 변화가 일어날 것인지, 그 모든 것을 생각하노라니 피곤함도 어느새 날아가 버렸다. 그들은 승리의 함성을 지르면서 풍차 주위를 몇 번이고 뛰어다니며 돌았다. 나폴레옹도 개의 호위를 받으며 수탉을 앞장세워 완성된 풍차를 살펴보러 나왔다. 그리고 친히 동물들에게 그들의 업적을 치하한 다음, 풍차를 '나폴레옹 풍차'로 명명한다고 선언했다.

* * *

이틀 후, 동물들은 헛간에서 열리는 특별 회의에 소집되었다. 나폴레옹이 목재 더미를 프레데릭에게 팔았다고 발표했을 때 동물들은 놀라고 기가 막혀서 말도 나오지 않았다. 내일부터 프레데릭의 마차가 목재 더미를 운반해 간다는 것이었다. 그동안 내내 겉으로는 필킹턴과 우호 관계를 유지하고 있는 것처럼 위장하면서 사실은 프레데릭과 비밀 계약을 체결했던 것이다.

폭스우드와의 관계는 모두 단절되었고 모욕적인 메시지가 필킹턴에게 보내졌다. 비둘기들은 이제 핀치필드 농장을 피하라는 명령과 '프레데릭에게 죽음을'에서 '필킹턴에게 죽음을'로 구호를 변경하라는 명령을 받았다. 그리고 동시에 나폴레옹은 프레데릭이 동물 농장을 공격할 것이라는 소문은 근거 없는 낭설이고, 프레데릭이 그의 동물들을 잔혹하게 학대하고 있다는 소문 역시 과장된 것이라고 확실하게 말했다. 그런 소문은 아마도 스노볼과 그의 첩자들한테서 나왔을 것이었다.

결국 스노볼은 핀치필드 농장에 숨어 있는 것이 아니라는 것이 새롭게 드러났다. 사실 그는 그곳에는 가본 적도 없고, 지난 몇 년 동안 필킹턴의 식객으로 폭스우드에서 무척 호화롭게 살고 있었다는 것이었다.

돼지들은 나폴레옹의 교묘한 수완에 기뻐 날뛰었다. 겉으로는 필킹턴과 친하게 지내는 것처럼 보이게 해서 프레데릭한테 목재 가격을 12파운드나 더 올리도록 한 것이다. 그러나 나폴레옹의 탁월한 지적 능력은 그가 아무도, 심지어 프레데릭조차도 믿지 않는다는 사실에서 잘 드러난다며 스퀼러는 이렇게 말했다.

프레데릭은 목재 대금을 수표라는 것으로 지불하고 싶어 했지만, 그 수표라는 것은 돈을 지불하겠다는 약속을 쓴 종이쪽지 한 장에 불과하다.

나폴레옹이 누군가! 그는 프레데릭이 상대하기에는 너무나 영리하다. 나폴레옹은 5파운드짜리 현찰로, 그것도 목재 더미를 가져가기 전에 지불하라고 요구했다. 그렇게 해서 이미 프레데릭은 대금을 전부 지불했으며 그것은 풍차에 필요한 기계를 사기에 충분하다.

그러는 동안 목재는 아주 빠른 속도로 운반되고 있었다. 목재가 다 실려 나간 뒤, 헛간에서 다시 특별 회의가 열렸다. 동물들이 프레데릭의 지폐를 자세히 살펴보며 음미하기 위해서였다. 더없이 행복한 미소를 지으면서, 나폴레옹은 두 개의 훈장을 달고 연단 위의 밀짚 방석에 비스듬히 누워 있었고, 그 앞에는 농장 주택의 부엌에서 가져온 커다란 도자기 접시 위에 돈다발이 가지런히 쌓여 있었다.

동물들은 한 줄로 늘어서서 천천히 그 앞을 지나가며 실컷 구경했다. 복서는 코를 내밀어 지폐 냄새를 맡았다. 그러자 얇고 하얀 지폐가 그의 콧김에 조금씩 팔락이며 바스락거렸다.

* * *

그로부터 3일 후, 무시무시한 대소동이 벌어졌다. 자전거를 탄 윔퍼가 새파랗게 질린 얼굴로 달려오더니 자전거를 마당에 팽개치고는 총알처럼 농장 주택으로 뛰어들었다. 다음 순간 분노에 찬 고함 소리가 나폴레옹의 방에서 쩌렁쩌렁 울렸다.

무슨 일이 일어났는지 순식간에 소문이 농장 전체에 퍼졌다. 위조지폐였다! 프레데릭은 공짜로 목재 더미를 가져간 것이었다!

나폴레옹은 곧바로 동물들을 소집했다. 그는 무시무시한 목소리로 프레데릭에게 사형을 선고하면서 붙잡기만 하면 산 채로 삶아버리겠다고 이를 갈았다. 동시에 이런 배신행위가 발생한 이상 최악의 사태를 각오해야 한다고 동물들에게 경고했다.

프레데릭과 그의 일당이 오래전부터 예상했던 공격을 지금 당장 감행할지도 모를 일이었다. 농장으로 통하는 모든 길목에는 보초가 배치되었다. 그리고 네 마리의 비둘기가 필킹턴과 우호적인 관계를 다시 맺게 되기를 바란다는 화해 메시지를 물고 폭스우드로 파견되었다.

공격은 바로 다음 날 아침에 시작되었다. 동물들이 아침을 먹고 있을 때 파수꾼이 농장 안으로 뛰어 들어와, 프레데릭과 그의 지지자들이 이미 다섯 개의 빗장이 달린 농장 문을 통과했다고 알렸다.

동물들은 아주 용감하게 이들을 격퇴하기 위해 자진해서 돌격했지만 이번에는 '외양간 전투' 때와 달랐다. 전투는 결코 그때처럼 쉽지 않았다.

15명의 적들은 여섯 자루의 총을 갖고 있었는데, 50야드 안으로 접근하자마자 일제히 총을 쏘기 시작했다. 동물들은 끔찍한 폭음과 몸에 박히는 총알에 도저히 맞설 수가 없었다. 동물들이 흩어지지 않도록 나폴레옹과 복서가 필사적으로 격려했지만 결국 금세 후퇴하고 말았다. 이미 상당수의 동물들이 부상을 입었다.

그들은 농장 건물 안으로 도망쳐 들어가 갈라진 벽 틈새와 옹이구멍으로 조심스럽게 바깥을 살펴보았다. 넓은 꼴밭은 물론 풍차까지 모두 적의 손아귀에 들어갔다. 한동안은 나폴레옹도 어떻게 해야 할지 모르는 것 같았다. 그는 아무 말 없이 이리저리 서성거렸다. 빳빳하게 선 꼬리가 실룩실룩 움직이고 있었다.

그는 무엇인가를 간절히 바라는 눈으로 폭스우드 쪽을 바라보았다. 만약 필킹턴과 그의 일꾼들이 도와준다면 아직은 승산이 있었다. 바로 그 순간 어제 파견했던 비둘기 네 마리가 돌아왔다. 그들 중 한 마리가 필킹턴이 보낸 종이쪽지를 그에게 전했다. 종이에는 연필로 이렇게 적혀 있었다.

"꼴좋다!"

그러는 동안 프레데릭과 그의 부하들은 이미 풍차 곁에 와있었다. 이를 지켜보고 있던 동물들이 당황스럽게 소곤거렸다. 일꾼 둘이 까마귀 발처럼 생긴 쇠지레와 커다란 망치를 꺼내 들었다. 풍차를 때려 부수려는 게 분명했다.

"어림도 없지! 우리가 만든 벽은 그렇게 부수기엔 너무나 두껍거든. 1주일이 걸려도 무너뜨리지 못할 거야. 동지 여러분, 용기를 내시오!"

나폴레옹이 소리쳤다.

그러나 벤자민은 일꾼들의 동태를 계속 지켜보고 있었다. 망치와 쇠지레를 들고 있던 두 일꾼은 풍차의 밑부분에 구멍을 뚫고 있었다. 천천히 그리고 거의 재미있다는 듯이 벤자민은 기다란 콧등을 끄덕이며 말했다.

"내 그럴 줄 알았지. 저놈들이 뭘 하려는 건지 모르겠소? 저들은 이제 저 구멍 속에 폭약을 채워 넣을 거야."

동물들은 겁에 질린 채 잠자코 기다렸다. 이젠 피난처인 건물 안에서 용감하게 뛰어나가는 것은 불가능한 일이었다. 얼마쯤 뒤에 인간들이 사방으로 흩어져 달아나는 게 보였다. 그리고 곧이어 고막을 찢는 굉음이 울렸다. 비둘기들은 깜짝 놀라 하늘로 날아올랐고, 나폴레옹을 제외한 모든 동물들은 재빨리 바닥에 엎드려 얼굴을 땅에 묻었다.

그들이 다시 일어났을 때, 풍차가 있던 자리에는 거대한 검은 연기구름이 뭉게뭉게 피어오르고 있었다. 산들바람이 천천히 연기구름을 밀어냈다. 풍차는 흔적도 없이 사라지고 없었다.

이 광경을 보고 동물들은 망연자실했다. 조금 전까지 동물들을 사로잡았던 비참한 공포와 절망은 이 악랄하고도 비겁한 행위 앞에서 무서운 격분으로 바뀌었다. 복수를 외치는 강력한 함성이 끓어올랐다.

명령도 필요 없었다. 그들은 한 덩어리가 되어 곧장 적을 향해 돌진했다. 우박처럼 쏟아지는 무자비한 총알 따위도 이제 그들은 아랑곳하지 않았다.

잔인하고 처참한 전투였다. 인간들은 계속 총을 쏘았다. 쏘고 또 쏘았다. 그래도 동물들이 세차게 밀어닥쳐 코앞까지 몰려오는 바람에 총을 쏠 수 없게 되자 인간들은 몽둥이로 두들기고 장화로 걷어찼다. 암소 한 마리와 양 세 마리, 그리고 거위 두 마리가 전사했고, 동물들은 거의 모두 부상당했다. 후방에서 작전을 지휘하고 있던 나폴레옹조차 산탄에 맞아 꼬리 끝이 잘렸다.

인간들이라고 멀쩡할 수는 없었다. 인간 3명이 복서의 발굽에 차여 머리가 터졌고, 또 한 명은 암소의 뿔에 배를 찔렸으며, 다른 한 명은 제시와 블루벨의 이빨에 바지가 갈가리 찢어졌다. 나폴레옹의 경호를 맡은 아홉 마리의 개들은, 나폴레옹의 지시에 따라 생울타리 그늘로 몰래 돌아가서 갑자기 인간들의 측면에 나타나 무시무시하게 짖어대기 시작했다.

갑자기 무시무시한 공포가 인간들은 덮쳤다. 독 안에 든 쥐 꼴이 될 위험에 빠져 있다는 것을 알아차린 것이다. 프레데릭이 일꾼들에게 길이 완전히 막히기 전에 빨리 빠져나가라고 소리쳤다. 그러자 겁에 질린 인간들은 곧장 필사적으로 도망쳤다. 동물들은 들판 끝까지 그들을 추격했다. 그리고 가시울타리 사이로 빠져나가려고 기를 쓰는 인간들을 마지막으로 냅다 걷어찼다.

동물들은 승리했다. 하지만 그들은 기진맥진한데다 거의 모두 피를 흘리고 있었다. 다리를 절뚝거리며 그들은 천천히 농장으로 돌아오기 시작했다. 풀밭 위에 죽어 쓰러진 동료를 보고 가슴이 메어 눈물을 흘리는 동물들도 있었다.

조금 전까지 풍차가 서 있던 장소에 오자 동물들은 모두 슬픔에 잠긴 채 한동안 아무 말 없이 그 자리에 못 박힌 듯 서 있었다. 그랬다, 풍차가 없어진 것이다. 그들이 피땀 흘려 노력한 풍차가 마지막 흔적조차 말끔히 사라져 버린 것이다. 토대마저도 군데군데 파괴되어 있었다. 풍차를 재건하려 해도 이제는 전처럼 무너진 돌을 이용할 수도 없었다. 폭파의 충격으로 돌들은 멀리 수

백 야드나 날려가 버렸던 것이다. 풍차는 아예 존재한 적도 없었던 것처럼 말끔히 사라졌다.

그들이 농장 가까이 도착했을 때, 전투하는 동안에는 코빼기도 보이지 않던 스퀼러가 꼬리를 흔들며 환하게 미소를 지으면서 달려 나왔다. 그때 농장 주택 쪽에서 묵직하게 울리는 총소리가 들렸다.

"왜 총을 쏘는 거요?"

복서가 물었다.

"우리의 승리를 축하하는 거예요!"

스퀼러가 외쳤다.

"무슨 승리 말이오?"

복서가 물었다.

그의 무릎에서는 피가 흘러내리고 있었고 편자 하나가 없어져 발굽이 절반은 찢어졌으며 뒷다리에는 총알이 12발이나 박혀 있었다.

"무슨 승리라니요, 동지? 우리는 적을 우리 땅에서, 동물 농장의 신성한 땅에서 추방했잖소?"

"하지만 인간들은 풍차를 파괴했소. 우리가 2년 동안이나 꼬박 일한 걸 말이요!"

"그게 어떻단 말이오? 풍차는 또 만들면 됩니다. 마음만 먹으면 풍차 같은 건 여섯 개라도 만들 수 있소. 동지, 우리가 해낸 이 위대한 일을 인정하지 않는군요. 적들이 우리가 서 있는 바로 이 땅을 점령하고 있었단 말이오. 그리고 이제 나폴레옹 동지의 지도력 덕분에 우리는 이 땅을 한 뼘도 잃지 않고 모두 되찾은 거요!"

"그래봤자 우리는 이미 갖고 있던 걸 다시 찾은 거지."

복서가 말했다.

"그것이 바로 우리의 승리요."

스퀼러가 말했다.

그들은 다리를 절뚝거리며 안마당으로 들어섰다. 살 속에 박힌 총알 때문에 복서의 다리는 쿡쿡 쑤시고 무척 아팠다. 그는 풍차를 토대부터 다시 건설해야 하는 중노동이 그를 기다린다는 것을 깨닫고는 벌써부터 마음속으로 준비하기 시작했다. 하지만 생전 처음으로, 자기 나이가 이미 열한 살이며 어쩌면 자기의 거대한 근육도 아마 전과 같지 않으리라는 생각이 들었다.

동물들은 초록색 농장기가 휘날리는 것을 보았다. 그

리고 축포가 울리는 것을 들었다. 모두 합해 일곱 번이나 축포가 발사되었다. 그리고 그들의 용감한 투쟁을 치하하는 나폴레옹의 연설을 듣고 난 뒤에 그들은 결국 자신들이 큰 승리를 거두었다고 생각하게 되었다.

전사한 동물들의 장례식이 엄숙하게 치러졌다. 복서와 클로버가 영구차로 꾸며진 마차를 끌었고 나폴레옹이 장례 행렬의 맨 앞에 서서 걸었다. 꼬박 이틀 동안 전승 축하 행사가 벌어졌다. 노래와 연설이 끊임없이 이어졌고, 축포가 쏘아졌으며, 특별 포상이 있었다. 동물들에게는 사과 한 개씩, 새들에게는 밀 2온스씩, 개들에게는 비스킷 세 개씩이 지급되었다.

이번 전투는 '풍차 전투'로 부른다고 선포되었으며, '녹색 깃발 훈장'이라는 무공 훈장을 나폴레옹이 새로 제정했다는 발표가 있었다. 그리고 그는 자신에게 이 훈장을 수여했다. 이렇게 요란하게 전승 축하를 하는 동안 위조지폐 사건 따위는 어느새 잊힌 일이 되었다.

* * *

돼지들이 농장 주택 지하실에서 위스키 한 상자를 발견한 것은 그로부터 며칠이 지난 뒤였다. 농장 주택을 처음 점령했을 때는 미처 눈에 띄지 않았던 것이었다. 그날 밤 농장 주택에서는 시끄러운 노랫소리가 한참 동안 흘러나왔다. 놀랍게도 노래들 속에는《영국의 짐승들》도 섞여 있었다.

저녁 9시 반쯤 되었을 때, 나폴레옹이 존스 씨가 예복을 입을 때 쓰던 낡은 모자를 쓰고 뒷문으로 나와 안마당을 미친 듯이 빠르게 한 바퀴 달리더니 다시 집안으로 사라졌다. 동물들은 놀라 휘둥그레진 눈으로 그 모습을 똑똑히 보았다.

그러나 아침이 되자 농장 주택 주변에는 깊은 침묵이 감돌았다. 돼지들이 한 마리도 일어난 기척이 없었다. 스퀼러가 흐릿한 눈으로 꼬리를 뒤로 축 늘어뜨린 채 마치 병이란 병은 다 앓고 있는 중환자처럼 비실거리며 천천히 걸어 나온 것은 거의 9시가 가까워서였다.

그는 동물들을 모두 불러 모으더니 지금 나폴레옹 동지가 죽어가고 있다는 끔찍한 소식을 전했다. 애도하는 울음소리가 터져 나왔다. 농장 주택 문밖에는 짚이 깔리고 동물들은 발끝으로 살금살금 걸었다. 눈물을 글썽이며, 만약 우리 지도자가 죽으면 어떻게 하느냐고 서로에게 물었다. 결국 스노볼이 나폴레옹의 음식에 교묘하게 독을 넣었다는 소문이 퍼졌다. 11시에 스퀼러가 나타나 또 다른 발표를 했다. 나폴레옹 동지가 죽기 전에 내리는 마지막 조처로서, 술을 마신 동물은 사형에 처한다는 엄숙한 법령을 제정했다는 것이었다.

저녁 무렵이 되자 나폴레옹은 조금 회복된 것처럼 보였고, 이튿날 아침에는 나폴레옹이 회복하는 중이라고 스퀼러가 다시 발표했다. 그날 저녁부터 나폴레옹은 다시 일을 시작했고 이튿날에는 윔퍼에게 윌링던에서 양조와 증류에 관한 책자를 몇 권 구해 오라고 지시했다는 것이 밝혀졌다.

1주일이 지났다. 나폴레옹은 지금까지 은퇴한 동물들의 여생을 위해 남겨두었던, 과수원 뒤에 있는 작은 꼴밭을 갈도록 명령했다. 그곳 지력이 고갈되어서 다시 파종해야 한다고 발표했지만, 사실은 나폴레옹이 그곳에 보리를 심을 계획이라는 것이 곧 드러났다.

도무지 이해할 수 없는 이상한 사건이 발생한 것은 이 무렵이었다. 밤 12시쯤에 안마당에서 덜커덩하고 요란하게 부딪치는 소리가 들려 동물들은 모두 우리에서 뛰어나왔다. 달 밝은 밤이었다. 헛간 한쪽 끝 7계명이 쓰여 있는 벽 밑에 사다리가 두 동강으로 부러져 있었다. 그리고 그 옆에는 스퀼러가 대자로 뻗은 채 기절해 있었고 각등과 페인트 붓과 하얀색 페인트통이 나동그라져 있었다. 개들이 곧 스퀼러를 둘러싸고 있다가, 그가 걸을 수 있게 되자 그를 부축해 농장 주택으로 데려갔다.

도대체 이게 무슨 일인지 동물들은 알 수가 없었다. 오직 벤자민 영감만이 알겠다는 표정으로 머리를 끄덕였다. 하지만 그는 아무 말도 하지 않았다.

그러나 며칠 뒤에 뮤리엘은 7계명을 읽어보고 동물들이 잘못 알고 있었던 계명이 또 하나 있다는 것을 알게 되었다. 다섯 번째 계명이 "동물은 술을 마셔서는 안 된다"라고 알고 있었는데, 이제 보니 잊고 있던 낱말이 더 있었던 것이다. 사실 그 계명은 "동물은 술을 '너무 많이' 마셔서는 안 된다"였다.

9

복서의 찢어진 발굽은 오래도록 낫지 않았다. 전승 축하 행사가 끝난 다음 날부터 동물들은 풍차 재건 작업을 다시 시작했다. 복서는 하루도 쉬지 않았고, 아픈 티를 내지 않으려 애썼다. 고통을 남에게 보이지 않는 것이 명예로운 태도라고 생각했던 것이다. 하지만 밤이 되면 클로버에게 사실은 발굽이 너무나 아파서 못 견딜 지경이라고 솔직히 인정했다. 클로버는 약초를 씹어서 만든 찜질약을 복서의 발굽에 발라주었다. 클로버와 벤자민은 무리하지 말고 쉬엄쉬엄 일하라고 복서를 다그쳤다.

"말의 허파라고 영원히 견딜 수 있는 게 아니라고요."

클로버가 말했다.

그러나 복서는 듣지 않았다. 자기에게 남아 있는 진정한 목표는 오직 하나, 은퇴하기 전에 풍차가 돌아가는 것을 보는 것밖에 없다는 것이 이유였다.

동물 농장의 법률이 처음으로 제정되었던 당시에는 말과 돼지는 12세, 양은 7세, 암소는 14세, 개는 9세, 암탉과 거위는 5세 등으로 각기 은퇴 연령이 정해져 있었고 충분한 노후연금도 보장되어 있었다. 아직은 은퇴하여 실제로 연금을 받는 동물이 하나도 없었지만, 요즘이 문제를 갖고 토론하는 일이 더욱 흔해졌다.

과수원 뒤편의 작은 방목장에 보리를 심는 대신 큰 꼴밭 한구석을 울타리로 막아 은퇴한 동물들의 방목장으로 변경한다는 소문이 나돌았다. 어쨌든 소문에 의하면, 말에게는 하루에 밀 5파운드, 겨울에는 건초 15파운드, 그리고 공휴일에는 당근 1개 또는 사과 1개를 더 지급한다고 했다. 내년 늦여름에 복서는 12번째 생일은 맞게 될 것이었다.

생활은 여전히 힘들었다. 그해 겨울도 지난해 겨울 못지않게 추웠고 식량 사정은 더욱 나빴다. 돼지와 개를 제외한 모든 동물들의 식량 배급량이 또다시 줄어들었다. 식량 배급량을 지나치게 평등하게 하는 것은 동물주의 원칙에 위배 되는 것이라고 스퀼러는 설명했다. 겉보기야 어떻든 실제로는 결코 식량이 부족한 것이 아니라고 다른 동물들을 설득하는 것쯤은 스퀼러에게는 식은 죽 먹기였다.

지금 당장은 식량 배급량의 재조정이 (스퀼러는 절대로 감축이라고 하지 않고 꼭 '재조정'이라고 말했다) 불가피하지만, 그래도 존스 시절과 비교해 보면 농장 생활은 어마어마하게 개선된 거라고 그는 주장했다.

높고 날카로운 목소리로 재빠르게 숫자를 읽어 내려가면서 그는 동물 모두가 존스 시절보다 더 많은 귀리, 더 많은 건초, 더 많은 순무를 먹고, 훨씬 더 적게 일하고 있으며, 식수의 질이 좋아졌다는 점, 수명이 길어졌다는 점, 유아기에 죽는 비율이 훨씬 낮아졌다는 점, 축사에 까는 짚이 많아졌다는 점, 벼룩이 거의 없어졌다는 점 등을 자세하게 설명했다.

동물들은 그의 설명을 하나에서 열까지 모두 믿었다. 사실은 존스와 그가 상징했던 모든 것은 거의 그들의 기억에서 사라지고 없었기 때문이다.

그들은 요즈음의 생활이 너무나 가혹하고 빠듯하다는 것, 언제나 배고프고 언제나 춥다는 것, 잠들어 있지 않을 때는 언제나 일을 하고 있다는 것을 알고 있었다.

그러나 옛날에는 지금보다도 더 가혹한 상황이었다고 그들은 기꺼이 믿었다. 더구나 스퀼러가 항상 지적했던 것처럼 그 시절에는 노예였는데 현재는 자유로운 몸인 것이다. 그것이 바로 가장 근본적인 차이였다.

이젠 먹여 살려야 할 가족들이 더 많아졌다. 가을이 되자 네 마리의 암퇘지가 거의 동시에 새끼를 낳았다. 모두 31마리였다. 이 어린 돼지들은 모두 흑백 점박이였다. 농장에서 거세하지 않은 수퇘지는 나폴레옹뿐이므로 이 새끼들의 아비가 누군지 짐작하는 것은 쉬운 일이었다. 나중에 벽돌과 목재 더미를 구입해서 농장 주택 안마당에 교실을 짓는다는 발표가 있었다.

당분간 새끼 돼지들은 농장 주택 부엌에서 나폴레옹으로부터 직접 교육을 받게 되었다. 운동 시간에는 농장 본체 정원에서 운동했는데, 그들이 다른 동물의 새끼들과 어울리는 것은 금지되었다. 이 무렵에 또 다른 규칙이 정해졌다. 돼지와 다른 동물들이 오솔길에서 마주쳤을 때는 다른 동물들이 비켜서야 한다는 규칙과 돼지는 신분 여하를 불문하고 일요일에 꼬리에 녹색 리본을 다는 특권을 갖는다는 규칙이었다.

* * *

그 해에도 농장은 모든 면에서 상당히 성공적인 한 해를 보냈다. 하지만 돈은 여전히 부족했다. 교실을 짓기 위해 벽돌, 모래, 석회를 사들여야 했고, 장차 풍차 기계를 구입하려면 지금부터 저축할 필요가 있었다.

농장 주택에서 사용할 등유와 양초, 나폴레옹의 식탁 전용 설탕, (살찐다는 이유로 다른 돼지에게는 설탕이 금지되었다) 그 밖에도 공구, 못, 끈, 철사, 쇳조각, 그리고 개 비스킷 등 일상적인 소모품도 보충해야 했다. 건초 더미와 감자 수확 중 일부가 팔려나갔고, 달걀 판매 계약은 매주 6백 개로 늘어나서, 암탉들은 겨우 그 수를 유지할 수 있을 정도의 병아리만 깔 수 있었다.

12월에 감축되었던 식량 배급량이 2월에 다시 감축되었고, 축사의 등불도 기름을 절약한다는 이유로 금지되었다. 그러나 돼지들의 생활은 아주 편안하고 쾌적해 보였으며 실제로 다들 체중도 늘어나고 있었다.

2월이 끝나가던 무렵의 어느 오후, 동물들이 지금까지 맡아본 적이 없는 따스하고 진하고 식욕을 돋우는 냄새가 부엌 뒤쪽에 있는 작은 양조장에서 안마당 쪽으로 흘러나왔다. 그 양조장은 존스 시절에는 사용된 일이 없었다. 보리를 삶는 냄새라고 누군가가 말했다.

굶주린 동물들은 코로 냄새를 한껏 들이마셨다. 아마 저녁 식사 때 내올 따뜻한 등겨 죽을 만들고 있나 보다고 생각하면서 모두 행복한 기대에 부풀었다. 하지만 저녁 식사 때가 되어도 따뜻한 등겨 죽은 나오지 않았다. 게다가 모든 보리는 돼지들에게만 지급한다는 발표가 다음 주 일요일에 있었다.

과수원 뒤쪽 밭에는 이미 보리씨가 뿌려졌다. 그리고 얼마 뒤 돼지들은 모두 매일 3홉의 맥주 배급을 받고 있으며, 나폴레옹은 크라운 더비제 수프 냄비에 담겨 나오는 반 갤런의 맥주를 매일 마신다는 뉴스가 어디선가 흘러나왔다.

고통스러운 삶이었지만 그래도 지금의 생활이 과거의 생활보다는 훨씬 품위 있는 생활이라는 사실 때문에 동물들은 견딜 수 있었다. 더 많은 노래, 더 많은 연설, 더 많은 행렬이 생겼다. 나폴레옹은 동물 농장의 전투와 승리를 기념하기 위해 일주일에 한 번씩 '자주적 시위 행진'을 하라고 명령했다.

정해진 시간에 동물들은 작업을 중지하고 돼지를 선두로 말, 암소, 양, 그리고 다음에는 가금류 등의 순서로 군인처럼 대형을 이루어 농장 안을 돌면서 행진했다. 개들은 늘 대열의 옆에 섰고, 나폴레옹의 검은 수탉이 늘 동물들의 맨 앞에서 행진했다. 발굽과 뿔이 그려져 있고 '나폴레옹 동지 만세!'라고 쓴 녹색 농장기는 늘 복서와 클로버 둘 중 하나가 들었다.

그런 다음에는 나폴레옹을 찬양하는 몇 편의 시가 낭송되었고, 최근의 식량 생산 증가를 자세히 설명하는 스퀼러의 연설이 있었으며, 가끔 축포가 발사되었다.

'자주적 시위 행진'의 가장 열렬한 지지자였던 양들은, 이런 것은 시간 낭비일 뿐이고 추운 곳에서 떨며 서 있는 것일 뿐이라고 혹시 누가 불평이라도 하면 (돼지나 개가 주위에 없으면 간혹 불평 소리가 들리기도 했다) 어김없이 "네 다리는 좋고, 두 다리는 나쁘다"를 매에매에거리며 외쳐서 입을 다물게 하는 것이었다.

하지만 동물들은 이런 의식을 좋아했다. 어쨌든 진정한 의미에서 자기가 주인이며, 자기 이익을 위해서 일한다고 생각하는 것은 무척 큰 위로가 되기 때문이다.

그래서 노래를 부르고, 행진하고, 스퀼러가 나열하는 통계표의 숫자와 천둥 같은 축포 소리, 수탉의 울음소리를 듣고, 펄럭이는 깃발을 보는 동안만이라도 그들은 배고픔을 잊을 수가 있었다.

4월이 되었다. 동물 농장은 공화국으로 선포되었고 그래서 대통령을 뽑을 필요가 생겼다. 후보자는 나폴레옹뿐이었으며 그는 만장일치로 당선되었다.

바로 그날, 스노볼이 존스와 공모한 경위를 좀 더 자세히 알 수 있는 새로운 문서가 발견되었다는 발표가 있었다. 그에 따르면, 동물들이 지금까지 생각했던 것처럼 스노볼은 단지 전략적으로 '외양간 전투'에서 패배하도록 기도했던 정도가 아니라 오히려 존스 쪽에 가담해 싸웠고, 그는 실질적인 인간군의 지휘자로서 '인간 만세!'를 외치며 돌격했으며, 몇몇 동물들은 지금도 스노볼이 싸우다가 등에 부상을 입었다고 기억하고 있지만, 사실은 나폴레옹에게 물린 상처였다는 것이다.

한여름이 되자 지난 몇 년 동안 행방을 감추었던 까마귀 모세가 갑자기 농장으로 돌아왔다. 그는 조금도 변하지 않았다. 여전히 일은 하지 않고 얼음 사탕 산에 대해 예전과 똑같은 말투로 말했다. 그는 나무 그루터기 위에 앉아 검은 날개를 퍼덕거리며, 누구든 귀를 기울이는 동물들에게는 몇 시간이고 계속 지껄였다. 그는 커다란 부리로 하늘을 가리키며 엄숙하게 말했다.

"저 위에, 지금 보이는 저 검은 구름의 반대편에 얼음 사탕 산이 있는데, 거기에 가면 우리처럼 불쌍한 동물들이 영원히 노동에서 해방되어 안락하게 살 수 있는 행복한 나라가 있답니다."

그는 심지어 언젠가 하늘 높이 올라갔다가 진짜로 그곳에 가보았으며, 사철 푸른 클로버가 무성한 들판이 끝없이 펼쳐져 있는 것, 아마 씨로 만든 깻묵 덩어리와 각사탕이 생울타리에서 자라고 있는 것 보았다고 주장했다. 많은 동물들이 그 말을 믿었다. 그들은 지금의 생활이 배고프고 힘겨웠기 때문에, 어딘가 다른 곳에 좀 더 나은 세상이 존재하는 것이 옳고 정당하지 않을까 생각했다. 아무래도 알 수가 없는 것은 모세에 대한 돼지들의 태도였다. 그들은 모두 얼음 사탕 산 얘기를 거짓말이라고 무시했다. 그러면서도 그들은 일도 하지 않는 모세를 농장에서 지내도록 허락하고 게다가 매일 맥주 한 홉씩을 주는 것이었다.

* * *

복서는 발굽이 완쾌되자 전보다 더욱 부지런히 일했다. 사실 그해에는 모든 동물들이 노예처럼 일했다. 정규적인 농장 일과 풍차를 다시 건설하는 작업 말고도 3월부터는 새끼 돼지들을 위한 교실 건축 공사를 시작했기 때문이다. 부실한 음식을 먹으면서 장시간 노동하기란 여간 힘든 일이 아니었다.

그러나 복서는 결코 흔들리지 않았다. 그의 말이나 행동도 어느 모로 보나 체력이 예전만 못하다고 할 어떤 징조도 보이지 않았다. 다만 약간 달라진 점이 있다면 그의 전체적인 용모였다. 살갗의 윤기가 전보다 덜했고, 커다란 엉덩이가 좀 오그라든 것처럼 보였다.

봄에 새 풀이 돋아나면 복서도 다시 살이 붙을 거라고 동물들은 말했지만, 봄이 와도 살이 붙지 않았다.

채석장 꼭대기로 올라가는 비탈길에서 거대한 돌덩이의 무게 때문에 근육이 팽팽하게 긴장해 있을 때의 복서는, 오로지 일을 계속하겠다는 의지만으로 버티는 것처럼 보였다. 그럴 때 그의 입술은 "내가 좀 더 일하면 되는 거야"라고 말하는 것처럼 움직였다. 그런데 이제는 목소리도 나오지 않았다. 클로버와 벤자민은 건강을 좀 생각하라고 누누이 충고했지만 그는 듣지 않았다. 은퇴해서 연금에 의존해서 살기 전에 돌덩이를 충분히 쌓아 올릴 수만 있다면 자신이야 어찌 되든 상관없다는 태도였다. 이제 그의 12번째 생일이 다가오고 있었다.

어느 여름날 저녁 늦게, 복서가 쓰러졌다는 소문이 온 농장에 퍼졌다. 그는 혼자서 풍차가 있는 곳까지 마차 1대분의 돌 짐을 끌고 갔던 것이다. 예상대로 소문은 사실이었다. 몇 분 후에 비둘기 두 마리가 빠르게 날아다니며 알렸다.

"복서가 쓰러졌어요! 옆으로 쓰러진 채 못 일어나요!"

농장 동물의 거의 반 정도가 작은 언덕으로 뛰어갔다. 끌채 사이에 쓰러진 채 목을 쭉 빼고 복서는 머리도 들지 못했다. 눈은 흐리멍덩했고 옆구리의 털은 땀에 흠뻑 젖어 있었으며 입에서는 피가 흘러내리고 있었다. 클로버가 무릎을 꿇고 그의 옆에 앉았다.

"복서! 괜찮아?" 클로버가 외쳤다.

"폐가 문제야. 난 괜찮아. 내가 없어도 반드시 너희들은 풍차를 완성할 수 있을 거야. 돌을 상당히 많이 쌓아두었으니까. 어차피 난 이제 한 달밖에 안 남았고, 사실 난 은퇴할 날을 마음속으로 기다리고 있었어. 그리고 벤자민도 역시 나이를 많이 먹었으니, 나랑 같이 은퇴하는 걸 그들도 허락해 줄 거야. 내 말동무가 되도록 말이지."

복서가 가냘픈 목소리로 말했다.

"당장 치료해야 해! 누구든 빨리 스퀼러에게 가서 무슨 일이 일어났는지 말해줘요."

클로버가 말했다.

다른 동물들은 모두 스퀼러에게 소식을 전하려고 즉시 농장 주택으로 달려갔다. 클로버와 벤자민만이 남아 있었다. 벤자민은 복서 곁에 앉아 아무 말 없이 앉아서 복서에게 덤벼드는 파리들을 기다란 꼬리로 쫓아주고 있었다.

15분쯤 지나자 스퀼러가 동정과 근심으로 가득 찬 표정으로 쫓아왔다. 그는 나폴레옹 동지가, 농장에서 가장 성실한 일꾼에게 이처럼 불행한 일이 닥친 데 대해 매우 상심하고 있으며, 복서를 윌링던에 있는 병원에서 치료받게 하려고 이미 준비 중이라고 말했다. 동물들은 이 말을 듣고 약간 불안한 느낌이 들었다. 몰리와 스노볼 말고는 아무도 농장을 떠난 적이 없었고, 게다가 병든 동지를 인간의 손에 맡긴다는 것은 생각하고 싶지도 않은 일이었기 때문이다.

그러나 스퀼러는 농장에서 무슨 치료를 할 수 있겠느냐고 반문하며, 윌링던의 수의사에게 가야 훨씬 잘 치료할 수 있다고 동물들을 쉽게 설득했다. 그리고 반 시간쯤 지난 뒤에 복서는 어느 정도 회복되어 힘들게나마 일어나서 다리를 절뚝거리며 마구간으로 돌아왔다. 클로버와 벤자민은 그를 위해 짚으로 푹신한 침대를 마련해 놓았다.

그 뒤 이틀 동안 복서는 자기 마구간에서 지냈다. 돼지들은 친절하게도 목욕탕 약상자 속에서 발견한 커다란 핑크색 약병을 보내주었고, 클로버는 그 약을 하루 두 번씩 식후에 복서에게 먹였다. 밤이 되면 클로버는 복서의 곁에 누워서 그에게 말을 걸었고, 그러는 동안 벤자민은 꼬리를 흔들어 파리를 쫓아주었다.

복서는 자신에게 일어난 일은 조금도 슬프지 않다고 말했다. 만약 완쾌된다면 아직 3년 정도는 더 살 수 있을 것이고, 저 큰 꼴밭 한구석에서 평화로운 나날을 보낼 수 있을 것이며, 그렇게 공부도 하고 정신 수양을 할 한가한 시간을 갖는 것은 난생처음일 것이었다. 그렇게만 되면 그는 아직도 외지 못한 알파벳 스물두 자를 완전히 익히는 데 여생을 바칠 작정이라고 말했다.

벤자민과 클로버는 작업 시간이 끝난 후에야 복서를 문병할 수 있었는데 포장마차가 복서를 데리러 온 것은 한낮이었다. 동물들은 돼지의 감독 아래 순무밭에서 잡초를 뽑는 일을 하고 있다가 벤자민이 목이 터져라 울부짖으면서 농장 주택 쪽에서 전속력으로 달려오는 것을 보고 모두들 깜짝 놀랐다.

벤자민이 그토록 흥분한 것은 정말 처음 보는 일이었다. 아니, 그가 전속력으로 달리는 것을 본 것도 그때가 처음이었다.

"빨리 와, 빨리! 어서 모두 당장 와! 복서가 끌려가고 있어!"

그가 고함을 질렀다.

동물들은 돼지의 명령을 기다리지 않았다. 그들은 당장 일손을 놓고 농장 건물을 향해 일제히 달려갔다.

과연 안마당에는 가로로 뭐라고 간판을 써 붙인, 두 마리의 말이 끄는 커다란 포장마차가 서 있었고, 마부 자리에는 모자를 쓴 교활해 보이는 사나이가 앉아 있었다. 복서의 마구간은 텅 비어 있었다.

동물들은 모두 짐마차 주위로 모여들었다.

"안녕, 복서! 잘 다녀와요!"

동물들은 합창하듯 일제히 말했다.

"바보들아! 이 바보들아! 안 보이니? 저 마차에 뭐라고 쓰여 있는지 안 보여?"

벤자민은 동물들 사이를 뛰어 돌아다니며 작은 발굽을 구르면서 소리쳤다. 동물들은 멈칫했고 순식간에 조용해졌다. 뮤리엘이 한 글자씩 떠듬떠듬 읽기 시작했다. 그러나 벤자민은 그녀를 옆으로 밀치고는 죽은 듯이 조용한 가운데 큰소리로 읽기 시작했다.

"알프레드 시몬즈, 말 도축 및 아교 제조, 윌링던, 가죽과 골분 판매, 개집 판매. 저게 무슨 말인지 몰라? 복서는 말 도살자에게 끌려가는 거라고!"

모든 동물들의 입에서 공포에 가득 찬 비명이 터져 나왔다. 바로 그때 마부석에 앉아 있던 남자가 말에게 채찍질을 했다. 그러자 마차는 빠른 속도로 안마당을 빠져나가기 시작했다. 동물들이 소리치며 그 뒤를 따랐다. 클로버는 다른 동물을 제치고 맨 앞으로 뛰어나갔다. 짐마차는 더 속도를 내기 시작했다. 클로버는 있는 힘을 다해 뛰려고 했지만 뚱뚱한 다리는 겨우 구보 정도의 속력밖에 내지 못했다.

"복서! 복서! 복서! 복서!"

클로버가 따라가며 계속 외쳤다. 밖에서 부르는 소리를 들었는지 콧잔등에 흰 줄이 있는 복서의 얼굴이 마차 옆의 작은 창에 나타났다.

"복서! 복서! 뛰어내려! 빨리 뛰어내려! 당신을 끌고가 죽이려는 거야!"

클로버는 무시무시한 목소리로 고함을 질렀다.

모든 동물들이 함께 외쳐댔다.

"내려요, 복서! 빨리 내려요!"

그러나 짐마차는 이미 속도가 붙어서 그들로부터 멀어져가고 있었다. 클로버는 자기가 한 말을 과연 복서가 알아들었는지 분명히 알 수가 없었다. 그러나 다음 순간 그의 얼굴이 창가에서 사라지고 마차 안에서 쿵쾅거리며 발굽을 구르는 소리가 요란하게 들렸다. 그가 마차를 때려 부수고 탈출하려고 했던 것이다.

전 같으면 복서가 두어 번 걷어차는 것만으로도 이런 마차쯤은 벌써 부서졌을 것이다. 그러나 슬프게도 그에게는 이미 그런 힘이 남아 있지 않았다. 잠시 후 발굽 구르는 소리가 점점 약해지더니 끝내는 들리지 않았다. 동물들은 마차를 끌고 있는 두 말에게 멈추어 달라고 필사적으로 애원하기 시작했다.

"동지들, 동지들! 제발 형제를 도살장으로 끌고 가지 말아요!"

그들은 고함을 질렀다. 그러나 말들은 무슨 영문인지 몰라 그저 귀를 뒤로 젖힌 채 더욱 속력을 낼 뿐이었다.

복서의 얼굴은 창문에 다시 나타나지 않았다. 미리 앞질러 가서 다섯 개의 빗장이 달린 농장 출입문을 닫아버리자고 누군가 말했지만 때는 이미 늦었다. 다음 순간 마차는 벌써 나무문을 지나 한길 쪽으로 빠르게 사라진 것이다. 그리고 이것이 복서의 마지막 모습이 되었다.

3일 후, 복서가 윌링던의 병원에서 말이 받을 수 있는 최고의 치료를 다 받았지만 결국 사망했다는 발표가 있었다. 스퀼러가 이 소식을 전하기 위해 나타났다. 그는 복서의 마지막 몇 시간을 함께 있었다고 말했다.

"나는 태어나서 지금까지 그토록 감동적인 광경은 본 적이 없습니다! 나는 마지막 순간까지 그의 침대 옆에 있었어요. 그는 임종이 가까워지자 거의 말할 힘도 없었어요. 그래서 내가 귀를 그의 입 가까이 댔지요. 그는 이렇게 속삭였어요. 오직 한 가지 마음에 걸리는 것은 풍차 완성을 못 보고 죽는 일이라고 말이지요.

'전진하라, 동지 여러분!

반란의 이름으로 전진하라,

동물 농장 만세!

나폴레옹 동지 만세!

나폴레옹은 항상 옳아.'

동지 여러분, 이것이 그의 마지막 말이었습니다."

스퀼러는 앞다리로 눈물을 닦았다.

갑자기 스퀼러의 표정이 확 변했다. 그는 잠시 입을 다물고 있다가 그 작은 눈으로 수상쩍다는 듯이 힐긋 좌우를 둘러보더니 다시 입을 열었다. 복서가 입원할 때, 복서를 데려간 마차에 '말 도축'이라고 쓰인 것을 보고, 경솔하게도 복서가 마치 도살장에 넘겨진 것처럼 고약한 소문이 퍼진 것을 알고 있다면서 그가 말했다.

"어떻게 그렇게 어리석을 수 있는지 나는 믿을 수가 없소. 우리의 경애하는 나폴레옹 동지가 그런 일을 허락할 리 없다는 것을 여러분은 분명히 알지 않습니까?"

그는 꼬리를 흔들고 이쪽저쪽으로 깡충깡충 뛰면서 분하다는 듯이 외쳤다. 해명은 정말로 간단하기 그지없었다. 복서가 타고 간 짐마차는 본래 도축업자의 것이었는데, 수의사가 그것을 사들인 다음에 미처 간판을 고쳐 달지 못했을 뿐이라는 것이었다.

동물들은 그의 설명을 듣고 마음이 놓였다. 스퀼러가 다시 앞으로 나와, 복서의 임종 광경을 눈앞에서 보듯 생생하게 설명해 주면서, 복서가 받은 따뜻한 간호와 나폴레옹이 비용을 아끼지 않고 비싼 약을 쓰게 한 점을 설명하자 마지막 남은 한 가닥의 의혹도 모두 사라졌다. 적어도 그는 행복하게 죽었다는 생각 때문에 동지의 죽음을 애도하는 그들의 슬픔도 사뭇 진정되었다.

그 다음 일요일 아침, 나폴레옹은 몸소 회의에 나타나 복서에게 경의를 표하는 짤막한 연설을 했다.

죽은 동지의 유해를 이 농장에 묻으려고 다시 옮겨오지는 못했지만 이미 농장 주택 뜰에 있는 월계수로 커다란 화환을 만들어 복서의 무덤에 바치도록 명령했으며, 며칠 내로 돼지들이 복서를 기리는 추도회를 베풀 계획을 세우고 있다는 내용이었다.

그리고 복서의 좌우명이었던 '내가 좀 더 일하면 된다'와 '나폴레옹 동지는 항상 옳다'라는 두 가지 구호를 모든 동물들이 자신의 좌우명으로 채택하면 더 좋을 것이라는 말로 나폴레옹은 연설을 마쳤다.

추도회 날이 되자 윌링던에서 식료품점의 마차가 도착하여 커다란 나무 상자 하나를 배달했다. 그날 밤 농장 주택에선 노랫소리가 요란했고, 밤이 깊어지자 크게 싸우는 소리가 들렸다. 그리고 11시쯤에 유리가 깨지는 소리가 난 다음 잠잠해졌다. 그리고 돼지들이 어디선가 현금을 구해다가 위스키 한 상자를 또 사들여 간밤에 마셨다는 소문이 퍼졌다.

10

몇 해가 흘렀다. 계절은 오고 갔고 동물들의 짧은 삶은 빠르게 지나갔다. 이제는 클로버, 벤자민, 모세, 그리고 수많은 돼지들 말고는 반란 전의 옛 시절을 기억하고 있는 동물은 아무도 없었다. 뮤리엘은 죽었다. 블루벨과 제시, 피처도 죽었다. 존스도 역시 다른 지방에 있는 알코올 중독자 수용소에서 죽었다. 스노볼은 잊혔다. 복서도 잊혔다. 전에 그를 알던 몇몇을 제외하고는 이제 아무도 그를 기억하지 못했다.

클로버는 이미 관절이 뻣뻣하게 굳고, 눈은 나빠졌다. 은퇴 연령이 이미 2년이나 지났지만, 늙고 뚱뚱한 암말은 여전히 현역이었다. 실제로 농장에서 은퇴한 동물은 단 한 마리도 없었다. 은퇴한 동물들을 위해 꼴밭의 일부분을 남겨둔다는 이야기는 이미 호지부지된 지 오래였다.

나폴레옹은 이제 체중이 152킬로그램이나 되는 장년의 수퇘지였다. 스퀼러는 너무나 뚱뚱해져서 눈을 제대로 뜨는 것도 힘들 지경이었다. 오직 벤자민 영감만은 콧등 근처가 회색을 띠게 된 것 말고는 거의 달라진 것이 없었다. 그리고 복서가 죽은 후로는 더욱 무뚝뚝해졌고 말도 거의 하지 않았다.

이제 농장에는 동물이 많이 늘어나 있었다. 물론 그 증가율은 반란 초기에 기대했던 것에 비하면 그렇게 큰 것은 아니었다. 새로 태어난 동물들에게 반란 사건은 입으로만 전해 들은 희미한 전설일 뿐이었다. 그리고 다른 동물들도 상당수 사들였는데, 그런 동물들은 이곳에 들어오기 전까지는 그런 반란 이야기는 들어본 적도 없었다.

지금 농장에는 클로버 말고도 말이 3마리 더 있었다. 그들은 단정하고 훤칠하고 일하기 좋아하는 선량한 동지들이었지만 머리는 무척 우둔해서 알파벳의 B자 이상을 욀 수 있는 말은 한 마리도 없었다. 반란과 동물주의 원리에 관한 얘기를 들으면, 그것도 특히 클로버한테서 들으면 그들은 무작정 "네, 네"하기만 했다. 왜냐하면 그들은 클로버에게 어머니와 같은 존경심을 품고 있었기 때문이었다. 그러나 그들이 과연 그토록 중요한 대목을 이해하고 넘어갔는지는 의문이었다.

농장은 이제 예전보다는 훨씬 더 번성하고 조직도 더 체계적으로 개선되었다. 필킹턴 씨한테서 밭을 두 뙈기나 더 사들여서 농장 규모도 그만큼 더 넓어졌다. 마침내 풍차도 성공적으로 완성되었다. 농장에는 전용 탈곡기와 건초 운반기가 갖춰졌으며 여러 채의 건물이 새로 들어섰다. 중개인 윔퍼는 자기 소유의 경마차를 한 대 장만했다.

그러나 풍차는 결국 전기를 만들어내는 용도로는 이용되지 못했다. 하지만 곡물을 빻는 데 이용되어 상당한 소득을 올렸다. 동물들은 풍차를 또 하나 건설하려고 열심히 일했다. 그 풍차가 완성되면 발전기가 설치될 예정이었다.

그러나 스노볼이 예전에 동물들을 꿈꾸게 했던 것들, 예를 들면, 전등이 갖춰진 축사, 온수와 냉수 시설, 그리고 1주에 3일간만 일한다는 등의 사치스러운 말은 아무도 꺼내지 않았다. 그런 사고방식은 동물주의 정신에 위배 된다고 나폴레옹이 공공연하게 비난했기 때문이다. 참된 행복은 열심히 일하고 소박하게 사는 데 있다고 그는 말했다.

어쨌든 동물들의 생활은 이전보다 조금도 나아진 게 없는데도 (물론 돼지와 개는 빼고) 농장은 전보다 풍족해진 것 같았다. 아마도 부분적으로는 농장에 너무나 많은 돼지와 개가 있기 때문인지도 몰랐다. 물론 이들이라고 자기 몫의 일을 하지 않는 것은 아니었다.

스퀼러가 지치지도 않고 누누이 설명하는 것처럼, 농장을 감독하고 조직하는 일은 아무리 열심히 해도 끝이 없는 것이며, 그런 일은 무지한 동물들로서는 도저히 해낼 수 없는 종류의 작업이었다.

예를 들어 돼지들은 매일 '서류' '보고서' '회의록' '비망록' 등 수수께끼처럼 어려운 것을 만들어야 했고, 그러려면 그만큼 많은 노력을 기울이지 않으면 안 된다. 커다란 종이에 글씨를 빽빽하게 채워 넣고는 곧바로 난롯불에 태워버려야 한다. 그리고 그것은 농장 복지를 위해 매우 중요한 일이라고 스퀼러는 말했다.

그러나 어쨌든 돼지들과 개들은 자신들이 일하여 식량을 생산하지는 않았다. 또한 그들의 수는 상당히 많았고 식욕은 언제나 왕성했다.

다른 동물들의 생활은 그들이 알고 있는 한 옛날과 다름이 없었다. 그들은 대체로 배가 고팠고 짚 위에서 잠을 잤으며 웅덩이에서 물을 마셨고 밭에서 일했다. 겨울에는 추위 때문에 고통을 받았고 여름에는 파리 등쌀에 시달렸다. 가끔 그들 중 몇몇 나이 든 동물들이 어렴풋한 기억을 더듬어, 존스 추방 직후인 반란 초기에는 과연 현재보다 사정이 좋았는지 기억해 보려고 애써봐도 도무지 생각이 나지 않았다. 그래서 그들에게는 현재의 생활과 비교해 볼 수 있는 기준이 전혀 없었다.

항상 모든 것이 점차 좋아지고 있다는 것을 분명하게 보여주는 스퀼러의 통계표 말고는 판단의 근거를 삼을 자료가 하나도 없는 것이었다. 동물들에게 있어 이는 도저히 풀 수 없는 난제였다. 어쨌든 이제는 이런 문제를 차분하게 생각하고 있을 만한 여가도 없었다.

다만 벤자민 영감만은 자신이 살아온 긴 일생을 모두 자세히 기억하고 있다고 말했다. 그는 현재의 사태가 예전보다 현저하게 좋아지지도 나빠지지도 않았으며 그렇게 될 이유 또한 없다고 단언했다. 굶주림과 고통, 그리고 실망 같은 것은 영원히 변하지 않는 삶의 법칙이라고 그는 말했다.

하지만 동물들은 결코 희망을 포기하지 않았다. 오히려 그들은 자신들이 동물 농장의 일원이라는 명예와 특권의식을 한시도 잊지 않았다. 그들의 농장은 여전히 주 전체에서, 아니, 영국 전체에서 동물이 경영하며 소유하고 있는 유일한 농장이었다. 아주 어린 동물들조차, 10마일 또는 20마일 떨어진 농장에서 데려온 신참 동물들마저도 모두 이런 사실에 대해 감탄했다.

축포가 울려 퍼지는 소리를 들을 때마다, 녹색 농장기가 게양대에서 펄럭이는 것을 바라볼 때마다, 그들의 가슴은 불멸의 자부심으로 부풀어 올랐고, 이야기는 언제나 용감했던 옛날의 존스 추방 사건으로, 7계명의 기록으로, 침략해 온 인간들을 섬멸시켰던 위대한 전투 등으로 되돌아가는 것이었다. 동물들은 옛날에 꿈꾸었던 그 무엇도 포기하지 않았다. 그들은 여전히 메이저 영감이 예언한 동물 공화국이 올 것이라고 믿었다.

영국의 푸른 들판이 인간의 발에 짓밟히지 않게 될 동물 공화국이 언젠가는 반드시 올 것이다. 금방은 아닐지도 모른다. 지금 동물들이 살아있는 동안에는 아닐지도 모른다. 그러나 그것은 언젠가는 실현될 것이다. 심지어 《영국의 짐승들》이란 노래가 여기저기서 몰래 흥얼흥얼 불리고 있었다. 어쨌든 마음 놓고 큰 소리로 노래할 수는 없다 해도 농장의 모든 동물들이 그 노래를 알고 있는 것만은 사실이었다.

분명히 그들의 생활은 고통스러운 것이었으며, 그들의 희망이 실현된 것도 아니었다. 그러나 그들은 자기가 다른 동물들과는 다르다는 사실을 자각하고 있었다. 비록 굶주린다 해도 그것은 포악한 인간들을 먹여 살리기 위해서가 아니었고, 일이 아무리 힘들어도 그것은 순전히 자신을 위한 일이었다. 그들 중에 두 다리로 걷는 자는 하나도 없었다. 또한 다른 동물을 '주인님'이라고 부르는 자도 없었다. 모든 동물은 평등했다.

* * *

초여름의 어느 날, 스퀼러는 양들을 모두 농장 건너편에 있는 황무지로 데리고 갔다. 어린 자작나무가 무성하게 자라고 있는 그곳에서 양들은 스퀼러의 감독 아래 온종일 어린 나뭇잎을 뜯어 먹으며 지냈다.

저녁때가 되자 스퀼러는 양들에게 마침 날씨가 따뜻하니 그대로 그곳에서 지내라고 지시하고 혼자 농장 주택으로 돌아갔다. 그날부터 양들은 꼬박 1주일 동안 그렇게 격리 생활을 했다. 그 1주일 동안 다른 동물들은 양이라곤 한 마리도 보지 못했다. 스퀼러는 매일 양들과 함께 지냈다. 그의 말로는 비밀로 해둘 필요가 있는 새로운 노래를 양들에게 가르치고 있다는 것이었다.

양들이 격리 생활에서 돌아온 직후, 동물들이 일을 마치고 농장 건물로 돌아가려는 상쾌한 저녁때의 일이었다. 몹시 소란스러운 말 울음소리가 안마당 쪽에서 들려왔다. 동물들은 깜짝 놀라 그 자리에 걸음을 멈추었다. 클로버의 목소리였다. 또다시 비명이 들렸다. 동물들은 모두 전속력으로 달려 앞마당으로 뛰어 들어갔다. 그들의 눈앞에 놀라운 광경이 펼쳐졌다.

돼지 한 마리가 뒷다리만으로 서서 걷고 있었다! 그렇다. 바로 스퀼러였다. 그 큰 몸집을 두 다리로 지탱하는 것이 아직은 익숙하지 않은 듯 보이긴 했지만, 용케도 균형을 잡고 한가롭게 마당을 거닐고 있었다. 그리고 잠시 후에는 농장 주택 문에서 돼지들이 길게 행렬을 지어 나왔는데, 모두 뒷다리로 서서 걷고 있었다. 제법 잘 걷는 돼지도 있었고 지팡이를 짚어야 할 것처럼 위태로운 돼지도 두세 마리 있었지만, 어쨌든 모두가 성공적으로 마당을 한 바퀴 돌았다. 그리고 맨 나중에는 사납게 짖는 개 소리와 날카로운 수탉의 울음소리가 들리더니, 나폴레옹이 뒷다리로 똑바로 서서 오만한 시선을 좌우로 던지며 위풍당당하게 나타났고 개들이 그의 주위를 뛰어다녔다. 그는 앞발에 채찍을 들고 있었다.

죽음 같은 침묵이 흘렀다. 소스라치게 놀란 동물들은 한데 모여 서로 몸을 꼭 붙이고 서서 공포에 질린 채, 천천히 안마당을 돌며 행진하는 돼지들의 긴 행렬을 지켜보고 있었다. 세상이 거꾸로 뒤집힌 것 같았다.

최초의 충격이 조금 가라앉으면서 동물들은, 개들에 대한 그 소름 끼치는 공포심에도 불구하고, 무슨 일이 일어나도 절대로 불평하지 않고 비판도 하지 않도록 오랜 세월 동안 꾸준히 길들여진 습관에도 불구하고, 강력한 항의를 터트릴 참이었다. 그러나 바로 그때 마치 신호라도 받은 것처럼 양들이 갑자기 어마어마하게 큰 울음소리로 외치기 시작했다.

네 다리는 좋고, 두 다리는 더 좋다!
네 다리는 좋고, 두 다리는 더 좋다!
네 다리는 좋고, 두 다리는 더 좋다!

외침은 잠시도 멈추지 않고 5분 동안이나 계속되었다. 그리고 마침내 양들이 조용해졌을 때는 이미 항의할 기회도 사라져 버렸다. 돼지들이 이미 농장 주택 안으로 행진해 들어가 버렸기 때문이다.

벤자민은 누군가 그의 어깨에 코를 비비는 것을 느꼈다. 그는 돌아보았다. 클로버였다. 그녀의 늙은 눈은 그 어느 때보다도 심하게 흐릿했다. 아무 말 없이 그녀는 벤자민의 갈기를 가만히 당기며 뒤로 돌아, 7계명이 쓰여 있는 큰 헛간 끝으로 데려갔다.

그들은 하얀색 글자가 쓰인 벽을 뚫어지게 바라보며 잠시 서 있었다.

"눈이 나빠졌어요. 하긴 젊었을 때도 난 저 글씨를 제대로 읽지 못했지. 어쨌든 내 생각엔 저 벽이 달라진 것 같아. 벤자민, 7계명은 예전에 있던 것과 똑같은가요?"

클로버가 물었다.

벤자민도 이번만큼은 자기 규칙을 깨뜨리기로 작정했다. 그는 벽에 쓰인 글씨를 클로버에게 읽어주었다. 일곱 계명은 사라지고 벽에는 이제 단 하나의 계명밖에 없었다. 그것은 다음과 같았다.

모든 동물은 평등하다.

그러나 어떤 동물은 다른 동물들보다 더욱 평등하다.

그런 일이 있은 다음부터 농장 작업을 감독하는 돼지들은 모두 앞발에 채찍을 들고 나왔다. 다른 동물들에게 그건 이미 이상한 일도 아니었다. 돼지들이 라디오를 사들였다는 말을 들어도, 돼지들이 전화를 설치하려고 준비하고 있다는 말을 들어도, 돼지들이 《존 불》, 《티

트비치》, 《데일리 미러》 같은 잡지를 정기 구독하기로 했다는 이야기를 들어도 동물들에게 그건 이미 조금도 이상한 일이 아니었다.

나폴레옹이 담배를 입에 물고 농장 주택 안마당을 한가하게 거닐고 있는 것을 봐도, 심지어 돼지들이 옷장에서 존스 씨의 옷을 꺼내 입고 다니는 것을 봐도, 나폴레옹이 검은 저고리에 승마복 바지, 가죽 각반을 차고 나타나도, 그가 총애하는 암퇘지가 옛날 존스 부인이 일요일이면 입던 물결무늬 비단 드레스를 입고 나타나도 동물들에게 그건 조금도 이상한 일이 아니었다.

* * *

그로부터 1주일이 지났다. 오후가 되자 여러 대의 이륜마차가 농장 안으로 들어왔다. 인근의 농장 대표들이 동물 농장을 구경하러 오라는 초대를 받고 견학 여행을 온 것이었다. 그들은 농장 구석구석을 두루 안내를 받으며 구경했다. 그들은 보는 것마다 닥치는 대로 칭찬했다. 특히 풍차를 보고는 입에 침이 마르도록 엄청난 찬사를 퍼부었다. 그때 동물들은 순무밭에서 풀을 뽑고 있었다. 그들은 땅바닥에서 거의 고개도 들지 않고 열심히 일했다. 그들은 돼지들을 더 무서워해야 할지 인간 방문객들을 더 무서워해야 할지 몰랐다.

그날 저녁, 농장 주택에서는 커다란 웃음소리와 시끄러운 노랫소리가 끊임없이 터져 나왔다. 돼지 소리와 사람 소리가 뒤섞인 요란스러운 소리에 동물들은 갑작스러운 호기심을 느꼈다. 지금 저 주택 안에서는 무슨 일이 일어나고 있을까? 적어도 지금 저 주택 안에서는 동물과 인간이 처음으로 동등한 자격으로 만나고 있는 것이었다. 그들은 일제히 최대한 조용히 농장 주택 안마당으로 살금살금 기어들기 시작했다.

하지만 문 앞까지 오자 그들은 문득 두려운 생각이 들어 걸음을 멈추었다. 그러자 클로버가 앞장서서 그들을 안으로 이끌었다. 그들은 발끝으로 걸어 주택으로 가까이 다가갔다. 키가 큰 동물들은 식당 창문으로 방 안을 들여다보았다.

기다란 식탁을 둘러싸고 여섯 명의 농장주와 여섯 마리의 고위층 돼지가 마주 앉았고, 나폴레옹은 식탁 앞머리 상석을 차지하고 있었다. 돼지들은 의자에 앉아 있는 것이 아주 편안해 보였다.

마침 그들은 카드 게임을 하며 놀다가 건배하기 위해 잠깐 중단한 모양이었다. 커다란 술병이 식탁 위를 돌았고 커다란 머그잔에 맥주가 철철 넘치게 채워졌다. 창밖에서 엿보며 질겁하고 있는 동물들의 시선을 눈치챈 자는 아무도 없었다.

폭스우드 농장의 필킹턴 씨가 술잔을 들고 일어섰다. 그는 여기 있는 모든 분들에게 건배를 청한다고 말했다. 그러나 그에 앞서 그는 몇 마디 소감을 말하는 것이 자신의 의무라고 생각했다.

"오랜 기간에 걸친 불신과 오해가 이제 다 풀린 것 같아서 나는 아주 만족스럽습니다. 아마 여기 있는 모든 분들도 다 그럴 거라고 확신합니다.

지난날 한때는, 물론 나나 여기에 계신 어느 누구도 그러한 감정을 가졌던 건 아니지만, 이 동물 농장의 존경하는 경영자들을 인근 농장주들이 굳이 적대감이라고까지는 말하지 않겠지만 아마 어느 정도의 불안감을 품은 눈으로 바라보던 시기가 있었습니다.

그동안 불행한 사건들이 일어나기도 했고 그릇된 생각들이 널리 퍼지기도 했었습니다. 돼지들이 소유하고 경영하는 농장이 존재한다는 것은 약간 비정상적이고, 자칫하면 이웃 동물들의 민심을 동요시키는 불안한 영향을 미칠 수 있다고 느꼈기 때문입니다.

너무나 많은 농장주들이 정확하게 조사해 보지도 않고, 이런 농장에는 아마도 방종과 무질서한 풍조가 만연할 것이라고 속단해 버렸습니다. 그런 사람들은 자기 동물들이나 일꾼들에게도 나쁜 영향을 미칠까 봐 전전긍긍하며 걱정했던 것입니다.

그러나 이제 그런 의혹은 모두 말끔히 사라졌습니다. 오늘 나와 내 친구들이 동물 농장을 방문하여 직접 눈으로 농장 구석구석을 자세히 살펴보고 무엇을 발견했는지 아십니까? 가장 현대적인 영농 방법뿐만 아니라 세상 모든 농장주들에게 참으로 모범이 될 만한 규율과 정연한 질서를 우리는 이곳에서 발견했습니다.

이 동물 농장의 하층 동물들은 이 주 전체의 어떤 동물들보다 훨씬 더 많이 일하고 훨씬 더 적은 식량을 받으면서도 만족하고 있습니다. 오늘 나와 함께 농장을 방문한 동료들은 즉시 우리의 농장에도 도입하고 싶은 수많은 새로운 방법을 보았습니다."

그는 동물 농장과 인근 농장 사이에 현재 유지되고 있고, 또 앞으로도 계속 유지되어야 할 우호적인 감정을 다시 한번 강조하면서 발언을 끝내겠다고 말했다.

"돼지와 인간 사이에는 지금까지 어떤 이해관계의 충돌도 있었던 적이 없었고 또 앞으로도 없을 것입니다. 돼지나 인간이나 어차피 갖고 있는 문제는 똑같은 것이고, 그런 문제를 해결하기 위한 노력도 똑같은 것입니다. 세상 어디에서나 노동 문제는 다 같은 것이니까요."

이쯤에서 필킹턴 씨는 집에서 심사숙고해서 준비해 온 재담을 한바탕 늘어놓으려 했지만, 웃음이 터질 것만 같아서 잠시 아무 말도 할 수가 없었다. 웃음을 참느라고 여러 겹으로 겹친 턱이 빨개지도록 숨을 멈추었다가 그는 겨우 말을 시작했다.

"여러분에게 적절히 대처해야 할 하층 동물이 있다면, 우리에게는 하층 계급이라는 것이 있습니다!"

식탁에 앉아 있던 사람들이 폭소를 터뜨렸다. 필킹턴 씨는 다시 한번 적은 식량 배급과 긴 노동 시간, 그리고 자신이 동물 농장에서 목격한 인정사정 봐주지 않는 엄격한 규율에 대해 돼지들에게 치하의 말을 했다.

이제 마지막으로 그는 동료들에게 일어나서 술잔에 맥주가 가득 채워져 있는지 확인하라고 말했다. 그리고 필킹턴 씨는 다음과 같은 말로 이야기를 끝냈다.

“여러분! 신사 여러분, 건배합시다. 동물 농장의 번영을 위하여!”

열광적인 환호성과 발 구르는 소리가 건물을 흔들었다. 나폴레옹은 매우 만족스러운 얼굴로 자리에서 일어나더니 식탁을 한 바퀴 돌아 필킹턴 씨에게 가서 그와 술잔을 부딪치고는 맥주를 들이켰다. 환호성이 가라앉자 줄곧 두 다리로 서 있던 나폴레옹이 자신도 몇 마디 하겠다고 넌지시 말했다. 나폴레옹의 연설은 언제나처럼 짧으면서도 요점이 분명했다.

오해의 시대가 끝난 것에 대해 나 역시 무척 기쁘게 생각합니다. 오랫동안, 악의에 가득 찬 적들이 나와 동료들의 사상에 파괴적인, 심지어 혁명적인 어떤 것이 있다는 소문을 퍼뜨렸습니다. 그래서 인간들은 우리가 이웃 농장의 동물들에게 반란을 선동하려 꾀하고 있다고 믿었습니다. 하지만 그것은 전혀 사실이 아닙니다.

우리의 유일한 바람은, 예나 지금이나, 이웃 여러분과 정상적인 관계를 유지하면서 평화롭게 살아가는 것입니다. 내가 영광스럽게도 관리를 맡고 있는 이 농장은 일종의 공동 사업이기 때문에, 부동산 권리증서도 돼지들 일동의 공동명의로 되어 있습니다.

과거의 어떤 의혹도 지금까지 남아 있으리라고는 결코 믿지 않지만, 신뢰를 더욱 강화하는 의미에서 최근에 우리는 농장의 일과를 조금 변경했습니다. 지금까지 이 농장에서는 동물들이 서로 '동지'라고 부르는 매우 어리석은 습관이 있었는데 앞으로는 이를 금지하기로 했습니다.

그리고 언제 어떻게 시작됐는지 그 기원은 분명치 않지만 일요일 아침마다 마당의 말뚝에 걸려 있는 돼지의 해골 앞을 행진하는 아주 이상한 관습이 있었는데 이것도 금지하기로 했고, 해골은 벌써 땅속에 묻어버렸습니다. 또 게양대 꼭대기에 펄럭이는 녹색 깃발도, 물론 보아서 아시겠지만 이제까지 그려져 있던 흰 발굽과 뿔은 다 지워버렸습니다. 이제 앞으로는 아무 그림도 없는 녹색 깃발을 달 것입니다.

그리고 필킹턴 씨의 훌륭하고도 우호적인 연설에 대해서 딱 한 마디만 하겠습니다. 필킹턴 씨는 연설하는 동안 내내 우리 농장을 '동물 농장'이라고 불렀습니다. 물론 필킹턴 씨가 그 명칭이 폐지된 사실을 몰랐기 때문인 줄은 압니다. 사실은 지금 처음으로 '동물 농장'이란 명칭을 폐지한다는 것을 발표하는 바이기 때문입니다. 앞으로 우리 농장은 '매너 농장'으로 알려질 것입니다. 나는 그것이야말로 이 농장의 정당한 원래 이름이라고 믿습니다.

나폴레옹은 끝으로 한마디 더 덧붙였다.

"여러분! 나는 여러분에게 아까처럼 똑같이 건배를 요청합니다. 그러나 다른 말로 하겠습니다. 여러분의 술잔을 가득 채우세요. 여러분, 건배합시다. 매너 농장의 번영을 위하여!"

전처럼 열렬한 환호성이 울려 퍼졌고 술잔은 말끔히 비워졌다.

그러나 밖에 있는 동물들은 이 광경을 엿보는 동안 뭔가 이상한 일이 일어나고 있는 것 같은 기분이 들었다. 돼지들의 얼굴에서 변한 것은 대체 무엇이었을까?

클로버의 늙고 흐릿한 눈이 이 얼굴에서 저 얼굴로 빠르게 움직였다. 턱이 다섯 겹인 얼굴, 네 겹인 얼굴, 세 겹인 얼굴들이 보였다. 그러나 그 얼굴들이 점점 녹아내리고 형체가 변하는 것처럼 보이는 것은 대체 무엇 때문일까?

마침내 박수갈채가 끝나고 일동은 다시 카드를 집어 들고 중단했던 게임을 계속했다. 그리고 동물들은 조용히 살금살금 그곳을 떠났다. 그러나 20야드도 못 가서 그들은 갑자기 우뚝 멈춰 섰다. 농장 주택에서 시끄럽게 싸우는 것 같은 소리가 들렸기 때문이다. 동물들은 달려가서 다시 창문을 들여다보았다.

그랬다. 격렬한 말싸움이 벌어지고 있었다. 고함을 지르고 식탁을 쾅쾅 치며 저주와 의혹에 찬 눈초리로 상대방을 노려보고, 격렬하게 부인하는 소리가 흘러나왔다.

싸움의 원인은 나폴레옹과 필킹턴 씨가 동시에 스페이드 에이스를 내놓았기 때문이었다.

분개한 12개의 목소리가 고함을 질러댔는데 모든 목소리가 거의 똑같았다. 돼지들의 얼굴에 어떤 일이 일어났는지는 이제 의심할 여지도 없었다.

바깥에 있던 동물들은 돼지의 얼굴을 보다가 인간의 얼굴을 보았다. 인간의 얼굴에서 다시 돼지의 얼굴로, 그리고 또다시 돼지의 얼굴에서 인간의 얼굴로 눈길을 옮겼다. 그러나 누가 돼지고 누가 인간인지 동물들은 전혀 분간할 수가 없었다.

마음을 풍요롭게 바꾸는 책읽기의 즐거움

독서노트

NO.

년

월

열린문학

독서노트

	읽은 날짜	책제목
01	—	
02	—	
03	—	
04	—	
05	—	
06	—	
07	—	
08	—	
09	—	
10	—	
11	—	
12	—	
13	—	
14	—	
15	—	

작가	페이지	출판사	평가
			그저 그래 / 재미있어 / 완전 감동

	읽은 날짜	책제목
01	—	
02	—	
03	—	
04	—	
05	—	
06	—	
07	—	
08	—	
09	—	
10	—	
11	—	
12	—	
13	—	
14	—	
15	—	

작가	페이지	출판사	평가
			그저 그래 / 재미 있어 / 완전 감동

01	책제목	작가

좋은 구절

요약 및 느낀점

02	책제목	작가

좋은 구절

요약 및 느낀점

감상 및 마음에 남는 문장

01	책제목	작가

좋은 구절

요약 및 느낀점

02	책제목	작가

좋은 구절

요약 및 느낀점

01	책제목	작가

좋은 구절

요약 및 느낀점

02	책제목	작가

좋은 구절

요약 및 느낀점

감상 및 마음에 남는 문장

01	책제목	작가

좋은 구절

요약 및 느낀점

02	책제목	작가

좋은 구절

요약 및 느낀점

01	책제목	작가

좋은 구절

요약 및 느낀점

02	책제목	작가

좋은 구절

요약 및 느낀점

감상 및 마음에 남는 문장

01	책제목	작가

좋은 구절

요약 및 느낀점

02	책제목	작가

좋은 구절

요약 및 느낀점

01	책제목	작가

좋은 구절

요약 및 느낀점

02	책제목	작가

좋은 구절

요약 및 느낀점

감상 및 마음에 남는 문장

1	책제목	작가

은 구절

약 및 느낀점

2	책제목	작가

은 구절

약 및 느낀점

01	책제목	작가

좋은 구절

요약 및 느낀점

02	책제목	작가

좋은 구절

요약 및 느낀점

감상 및 마음에 남는 문장

1	책제목	작가

은 구절

약 및 느낀점

2	책제목	작가

은 구절

약 및 느낀점

01	책제목	작가

좋은 구절

요약 및 느낀점

02	책제목	작가

좋은 구절

요약 및 느낀점

감상 및 마음에 남는 문장

01	책제목	작가

좋은 구절

요약 및 느낀점

02	책제목	작가

좋은 구절

요약 및 느낀점

01	책제목	작가

좋은 구절

요약 및 느낀점

02	책제목	작가

좋은 구절

요약 및 느낀점

감상 및 마음에 남는 문장

01	책제목	작가

좋은 구절

요약 및 느낀점

02	책제목	작가

좋은 구절

요약 및 느낀점

01	책제목	작가

좋은 구절

요약 및 느낀점

02	책제목	작가

좋은 구절

요약 및 느낀점